ye

1391

SUR
LA NOUVELLE CONQUÊTE
DE LA
FRANCHE-COMTE
POËME
DIVISE' EN QUATRE CHANTS.

(Par. N. Courtin)

A PARIS,

Chez THEODORE GIRARD, dans la Grand' Salle du Palais,
cofté de la Cour des Aydes, à l'Envie.
ET
CHARLES OSMONT, dans la Grand'Salle, au cinquiéme Pill
à l'Ecu de France.

M. D. C. LXXIV.

AVEC PERMISSION.

PREFACE.

SI j'eusse consulté à la rigueur les Loix de la Poësie, & mon insuffisance, je n'aurois jamais entrepris d'écrire, à l'imitation d'Homere & de Virgile, les illustres Conquêtes de nostre glorieux Monarque. Car, quoy que ce Heros soit plus grand que tous ceux de l'Illiade & de l'Eneïde; Quoy que ses triomphans Exploits effacent tous ceux que nous vantent l'Histoire & la Fable : Neantmoins il faut tomber d'accord, que si ces deux grands Genies se fussent rencontrez soûs l'heureux Regne de LOVIS le GRAND, ils auroient fait quelque difficulté de s'engager à une entreprise si delicate. Ils auroient prudemment consideré, que quand on veut toucher un sujet dont l'Histoire est presente, on est obligé de suivre la verité des Actions qui viennent d'estre faites ; & qu'on se rendroit ridicule de vouloir imiter les fictions que l'on employe dans les anciens sujets. Qui ne sçait cependant, que c'est sur ces fictions que roulle la belle Poësie? & que ces deux grands Hommes n'auroient peut-estre pas si heureusement reüssi, s'ils avoient traité des sujets de leur temps? Mais, quoy ! nôtre Poësie passera-t-elle soûs silence les plus glorieux Exploits dont un Heros soit capable? & laissera-t-elle à la seule Posterité, la gloire de chanter la nouvelle Conquête d'une Province que ses armes victorieuses luy viennent de soûmettre aux yeux de toute l'Europe liguée pour sa défense, & malgré le déreglement d'un Printemps plus fâcheux que les plus âpres hyvers. Non, il faut hazarder quelque chose pour ne pas renoncer à cet honneur, & pour ne perdre pas le noble avantage de contribuer (finon avec l'épée, au moins avec la plume) aux illuftres triomphes de noftre invincible Monarque. Il ne faut pas étoufer cette paffion qu'ont tous les bons François de publier les loüanges de leur incomparable Souverain ; Au contraire, comme c'eft un effet du zele & de l'amour qu'ils ont pour luy, ils doivent luy obeïr, & chacun en cette occafion fe doit abandonner à fon Genie, & fuivre ce loüable emportement. C'eft ce qui m'a fait entreprendre ce petit ouvrage, m'affeurant que quoy que je demeure infiniment au deffous du fujet que je traite: Neantmoins le Heros pour qui je l'ay entrepris, n'improu-veroit pas tout à fait mon audace, fi mes Vers avoient affez de bonheur pour aller jufqu'à luy.

Au refte, quoy que je me fois feulement propofé pour la principale Action de ce Poëme, *La Nouvelle Conquefte de la Franche-Comté*, & que pour ne point rompre l'unité de lieu, je n'aye point voulu entreprendre d'écrire ce qui s'eft fait apres ce glorieux Prélude de la Campagne, de peur de pecher auffi contre ce precepte d'Horace :

Denique fit quodvis fimplex dumtaxat & unum.

Ie n'ay pas laiffé que d'y joindre avec un peu d'art, les merveilleux Progrez des deux Campagnes precedentes, & j'y ay employé des Fictions & des Allegories qui me femblent affez juftes. Ce n'eft pas que je n'aye tres-grand befoin que le Lecteur ait beaucoup d'indulgence pour mes fautes, que je crois eftre en tres-grand nombre, malgré tous mes foins, & toute l'induftrie que j'ay pû y apporter.

SUR

LA NOVVELLE CONQVÊTE

DE LA

FRANCHE-COMTÉ.

POËME.

DIVISE' EN QVATRE CHANTS.

CHANT PREMIER.

E chante les hauts faits du plus Grand
Roy du Monde,
Dont l'infigne valeur en victoires fe-
conde ;
Malgré tant d'Ennemis contre luy
declarez,
Malgré les Elemens contre luy conjurez,
Malgré l'Europe entiere à fa perte occupée,
Et fans autre fecours que de fa feule Espée,

A

Par un *surcroiſt* de *Gloire*, & de *Proſperité*
Vient d'*impoſer* des *Loix* à la *fiere Comté*,
Et pour premier *eſſay* d'une *illuſtre Campagne*,
D'*oſter* cette *Province* à l'*orgueilleuſe Eſpagne*.

    En vain ſes Ennemis les *armes* à la *main*,
Ont *voulu traverſer* ce *glorieux deſſein*;
Bien loin de *luy ravir* cette *noble Victoire*,
Ils n'ont fait qu'*augmenter ſon éclat* & *ſa Gloire*,
Et *malgré les efforts* de ces *Ambitieux*,
L O U I S *eſt toûjours Grand*, *touſiours Victorieux*.

    Inviſible ſouſtien du Trône de la *France*,
Celeſte Protecteur de *ſa Iuſte Puiſſance*,
Eſprit touſiours veillant au *ſalut* de mon *Roy*,
Qui donnes tous tes ſoins à cet *illuſtre employ*,
Et *parmy les dangers* ou *ſa valeur* l'*appelle*,
Le *couvres nuit* & *jour* de l'*ombre* de ton *Aîle*,
Sans rien diminuer des ſoins que tu *luy dois*,
Fay moy voir la *grandeur* de *ſes derniers Exploits*,
Eſclaire mon Eſprit, & *permets* que je *ſcache*,
Ce que la *Renommée* ou *déguiſe*, ou *nous cache*,
Et qu'*oſant* m'*aſſurer* de ton *Divin ſecours*,
Ie puiſſe à mon *Sujet* *égaler* mon *Diſcours*.

    L'*Aſtre* à qui l'*Univers doit toute ſa lumiere*,
Avoit fourni deux fois ſa plus *longue Carriere*,
Et ſa *courſe attachée* à *ſes douze Maiſons*,
Avoit autant de *fois ramené les Saiſons*,
Depuis que mon *Heros animé* d'un *ſaint zele*,
Comme Aîné de l'*Egliſe embraſſant ſa querelle*,

Contre un Peuple Apoſtat avoit armé ſes mains,
Et de ſes Attentas vangé tous les Humains.

    Mais le Demon d'Erreur Pere de tous les crimes,
Sorti des noirs Cachots des tenebreux Abîmes
Craignant pour la Holande où ſon Regne établyᵢ
Ne peut l'abandonner ſans en être affoibly,
Rêpand de tous coſtez la crainte & les allarmes,
Emeut les Potentas, leur fait prendre les armes;
Et les rendant jaloux du plus puiſſant des Rois
Les pouſſe à traverſer ſes glorieux Exploits.

    Ce frauduleux Eſprit dont les noirs artifices,
Nous rendoient en tous lieux de ſi mauvais offices,
Sur un Char tenebreux roulé parmy les airs,
Retournoit par hazard du bout de l'Univers;

    Quand des Rives du Rhin voyant avec ſurpriſe,
Beſançon aſſiegé dont il craignoit la priſe,
LOUIS Victorieux tonner de toutes parts,
Mille bouches d'airain foudroyer les rempars,
Les Travaux avancez, & la Tranchée ouverte,
Les plus fermes Dehors menacez de leur perte,
Et les chemins fermés ſans eſpoir de ſecours;
Cet infernal Eſprit forme ce vain diſcours.

    Donc cet Ambitieux pretend que ſon courage,
Laſſera ma fureur, & domtera ma rage,
Et que ces puiſſans Murs malgré tout mon couroux,
Ne pourront reſiſter à l'effort de ſes coups?

    Ha! qu'il eſt éloigné de ſa vaine eſperance,
Et qu'il verra bien toſt juſqu'où va ma puiſſance.

                          A ij

Si la Terre à nos vœux refuse de s'ouvrir,
J'ay mille autres chemins par où les secourir,
J'ay la route de l'air, & j'ay mille Tempêtes,
Pour rompre ses desseins, & troubler ses Conquêtes,
Et sur ses Pavillons je puis verser tant d'eaux,
Qu'on les verra changer en de flotans Tombeaux.

Il y eut des pluyes conti- nuelles, pen- dant le siege de Besançon.

    Il appelle à ces mots les Demons des orages,
Leur commande à l'instant dépaîsir les Nuages,
De couvrir le Soleil d'un voile tenebreux,
Et d'éteindre du jour la lumiere & les feux.

    Humides Intendans des Regions humides,
Qui changez les vapeurs en des fleuves rapides,
Et roulez parmy l'air sur les aîles des vents
Dequoy noyer encore le reste des vivans,
Accourez, leur dit-il, joignez vostre puissance,
Pour noyer dans ce Camp les forces de la France;
Deffendez pour un temps l'haleine aux Aquilons,
D'un Deluge nouveau couvrez ces Pavillons,
Et troublant les Travaux de ces Troupes Guerrieres,
Changez tous ces Guerets en de larges Rivieres.
Que ce Roy si vanté qu'on égale au Soleil,
Et qu'on croit sous le Ciel, comme luy, sans pareil,
Sçache que si l'on peut obscurcir son semblable,
Et couvrir ses rayons d'un voile impenetrable,
Il n'est pas moins aisé d'obscurcir sa splendeur,
Et sous un prompt Revers d'abaisser sa Grandeur.

    A peine a-t'il parlé que ces Agens fideles,
Du vent impetueux de leurs humides aîles,

Eslevent

Eſlevent dans les Airs tout ce que les Marais
Enfantent de vapeurs & de brouïllards épais.
On voit de tous cotez tomber du Ciel en Terre,
Parmy l'air tenebreux, & les feux du Tonnerre,
Des torrens paſſagers, des fleuves ſuſpendus,
Comme un afreux deluge en tous lieux répandus.
D'un vent humide & froid les vapeurs amaſſées,
Sont du ſein de la Nuë à gros bouillons verſées,
Et ce dereglement des ſaiſons, & des temps,
Fait voir un triſte Hyver au milieu du Printemps.
Il ſemble que le Ciel ſe fonde tout en pluye,
Tout le Camp eſt un Lac qu'aucun rayon n'eſſuie,
Et ſi par fois le jour travaille à s'éclaircir,
D'un voile plus obſcur on le voit ſe noircir.
L'eau des Tertres voiſins dans la plaine épanchée,
Inonde l'Aſſiegeant, & comble la Tranchée,
Et les volans ruiſſeaux qui deſcendent de l'air,
Eſtallent en tous lieux l'image d'une Mer,
Et nous font un Tableau de la triſte Avanture,
Qui iadis ſous les flots engloutit la Nature.
    L'Aſſiegé cependant du haut de ſes Rempars,
A l'iniure de l'air ioint la pointe des dards,
Et meſlant la valeur aux ruſes de la Guerre,
D'un Torrent tout nouveau couvre toute la Terre,
Adioûte aux eaux du Ciel, les Eſcluſes du Doux,
Lâche ſes flots captifs qui s'enflent de couroux,
Et ioignant leur fureur à celle de l'orage,
Menacent tout le Camp d'un viſible naufrage;

Les Aſſiegez leverent leurs Ecluſes, outre les pluyes cõtinuelles dont les Aſſiegeans eſtoient incommodez.

B

Parmy les Champs voisins l'onde écume, & bondit,
Et d'un si beau succez le Demon s'aplaudit.

Mais ce dereglement ou le Prin-temps nous donne,
Les Glaces de l'Hyver, & les eaux de l'Automne,
Et qui peut rebuter le plus grand des Heros,
N'empesche pas LOVIS d'achever ses Travaux.
Du feu de ses Regards les forces inconnuës
Raniment tous les siens en dissipant les Nues;
Et le Soleil honteux de faire moins que luy
Ayant pleuré long-temps de tristesse & d'ennuy,
Remet en liberté sa Clarté prisonniere,
Et rend à l'Vnivers la ioye & la lumiere.

L'Air commença un peu à s'éclaircir aux festes de la Pentecôte.

C'estoit pendant ces iours que par des vœux ardens
Le Zele des Chrestiens celebre tous les ans
De l'Esprit tout Divin la divine Descente,
Pour se la rendre encor mystiquement presente.

Cét Ange tenebreux, cet Esprit revolté,
Qui fut par son orgueil du Ciel precipité
Ose encore icy bas malgré cette disgrace
Contre cét Esprit saint r'allumer son audace.

Le Ieudy, Védredy & Samedy de la semaine de la Pentecôte furent encore pluvieux; mais le 4. jour fête de la Trinité fut tres beau, & presque toûjours ensuite.

On vit pendant trois iours des Nuages épais
Combatre sa lumiere, & repousser ses traits;
Mais au quatriéme iour cette viue lumiere
De ces Brouillars épais perce l'ombre grossiere;
L'Esprit Celeste & Saint de ses traits lumineux
Chasse de toutes parts cet Esprit tenebreux,
Et le force à rentrer dans le sein de l'Abîme
D'où sa haine a tiré le desordre & le crime.

Toutefois sa fureur avant que de ceder,
Du plus noir Attentat veut encore s'aider;
Ce funeste Ennemy de la Nature humaine
Qui cherche par nos maux à soulager sa peine,
Pour mieux executer cet horrible Attentat
S'introduit dans les murs sous l'habit de Soldat,
Prend d'un Ingenieur la forme & le langage,
Soufle dans tous les Cœurs sa fureur & sa rage,
Reproche aux Canonniers le peu d'effet qu'ils font,
Et les faisant agir d'un mouvement plus prompt
Pointe contre le Roy le Canon le plus iuste,
Luy même le manie & luy-même l'aiuste:
Le feu prend, le coup part, & cet Ange Apostat
Crût avoir achevé son funeste Attentat;
Quand par le prompt secours du celeste Genie
Qu'à sa garde a commis la Sagesse infinie,
Le coup manque son but, & l'invicible Roy
Voit ce boulet fatal tomber auprès de soy.

Vn boulet de Canon tomba a 12. pas du Roy comme il alloit visiter la Baterie du Mont Chaudane.

   Mais l'intrepidité que ce fameux Monarque
Montre en ce grand peril aux assauts de la Parque
Donne à toute la France un tel effroy pour luy
Qu'encore tout mon cœur en fremit auiourd'huy.

   Grand Roy de qui depend le salut de la France
Daigne en tels dangers menager ta vaillance,
Ne nous fais plus trembler avec tes Ennemis,
Et quitte des hazards ou tu t'es trop permis.
Peut estre ma frayeur est elle mal fondée,
Et ie sens tout mon cœur repousser cette idée;

Mais ie crains tout pour toy lors que tu ne crains rien,
Tout leur sang ne vaut pas une goute du tien :
Bellone est une Amante & volage & perfide,
Du plus illustre Sang la Cruelle est avide,
Et l'invincible Achille aprés mille combats
Trouva dans un embûche un funeste trépas.

Apres ce coup manqué le Demon se retire,
De rage & de depit l'inhumain en soûpire ;
On voit fuir avec luy ces sombres Intendans
Qui remplissent les airs de Tonnerres grondans,
Qui poussent à leur gré les vents & les Nuages,
Et couvrent l'Vnivers de tenebreux orages :
Le iour devient plus pur, le Ciel est plus serain,
La chaleur du Soleil rafermit le Terrain,
Et les Soldats François pleins d'ardeur & de ioye
Au visible secours que le Ciel leur envoye
Forcent par leur valeur les obstacles humains,
Et l'on voit tout ceder à l'effort de leurs mains.
Sous les yeux de LOVIS tout leur devient facile,
Malgré tant de Guerriers qui deffendent la Ville.
Ces braves Assiegeans s'attachent au Dehors
Et comblent les fossez de mourans & de mors ;
La Gloire au dessus d'eux excite leur courage
Et leur ferme les yeux à cet affreux carnage ;
Le peril de la Mort ne leur fait point de peur
Et les plus hauts repars sont moins hauts que leur cœur.

L'Assiegé d'autre part nuit & jour sous les armes
Travaille à repousser de si vives allarmes,

IL.

Il combat pour la vie & pour la liberté,
Et l'on voit l'une & l'autre exciter sa fierté :
Vaudemont le soûtient, Vaudemont le r'anime,
Chacun à son exemple est brave, magnanime,
Chacun veut resister jusqu'aux derniers abois
Et ne peut se resoudre à subir d'autres Loix.
Mais nos vaillans Guerriers aprés tant de défense,
Tant de Combats divers, & tant de resistance,
Prennent la Contrescarpe en un Assaut sanglant,
D'où l'ennemy vaincu se retire en tremblant,
Et fait connoistre assez par sa crainte & sa fuite,
A qu'elle extrémité sa fortune est reduite.

C'est au vaillant Crussol qu'on doit ceder l'honneur
D'avoir forcé ce Poste, avec tant de bon-heur ;
Et l'assiegé surpris d'une action si belle,
N'attend plus de Salut que dans la Citadelle.
Vaudemont estonné de voir de plus en plus
Ses desseins traversez, ses efforts superflus,
Et qu'à nos Conquerans rien n'est inaccessible,
Se retire luy-mesme en ce Poste invincible,
Abandonne des Murs qu'il ne peut plus garder,
Et croit qu'avec honneur il peut alors ceder.
Mille Objets de terreur viennent frapper sa veuë,
Son cœur en est touché, son ame en est émüe ;
Il voit du sang des siens inonder les Fossez,
Il voit en mille lieux les Rempars renversez,
Et ses plus braves Chefs autour de ses Murailles,
Ne laisser que des Morts & que des funerailles ;

La Contres-
carpe fut em
portée par l
seul Regima
du Duc de
Crussol, q
estoit à le
teste,

C

Il a trop éprouvé dans les autres Combats,
Ce que peut d'un François la valeur & le bras,
Et depuis que ses Tours se trouvent investies,
Il a tenté sans fruit cent fameuses sorties.
La Contrescarpe prise, il voit les Assaillans
Toûjours plus resolus, & toûjours plus vaillans
Poussez par leur courage aidé de la fortune,
Prests d'emporter la Ville avec la demy-Lune.
Ainsi les Citoyens presentant leur malheur
A tenir plus long-temps contre tant de valeur,
Et voulant prevenir le coup qui les menace,
Deputent de leur Corps pour demander leur Grace.

Leur Esprit jusqu'à lors s'estoit persuadé,
Qu'ils n'auroient qu'à flechir le Sang du grand Condé;
Mais comme leur erreur leur surprise est extréme,
Quand on leur fait sçavoir qu'on les menne au Roy-
mesme,
Que malgré les dangers, & l'injure du temps
Sa presence animoit ses braves Combattans,
Et que ce grand Heros iour & nuit sous les Armes,
Des fatigues de Mars faisoit ses plus doux charmes.

Ce rapport les saisit de crainte & de respec,
Ils voudroient se soustraire à son Royal Aspec,
Un extréme frayeur sur leur visage est peinte,
Et si l'on consultoit & leur trouble & leur crainte,
Besançon reverroit ses tristes Deputez,
Sans avoit éprouvé les Royales Bontez.
Comtois vous offensez le plus Clement des Princes,

Ceux qui commandoient dãs Besançon avoient persuadé au peuple qu'il n'y-avoit que M. le Duc au Siege.

Si son bras sçait dompter les plus fieres Provinces,
Son cœur sçait pardonner à ceux qu'il voit soumis,
Et ne les traitte plus comme ses Ennemis.
Quelle grossiere erreur d'ailleurs vous a fait croire,
Qu'un grand Roy dont le cœur n'aspire qu'à la gloire,
S'en voulut éloigner en fuyant les travaux,
Et n'attaquer vos Murs que par ses Generaux?
Avez-vous oublié que déja ce grand Prince
A conquis en huit iours cette fiere Province?
Qu'envain pour vous l'Hyver opposoit ses glaçons,
Et qu'il est le Heros de toutes les Saisons? Ce Vers est de Madomoiselle de Scudery.
Ne vous souvient-il plus que cette âpre froidure,
Qui fixoit les Torrens, & glaçoit la Nature,
Au lieu de r'allentir son heroïque ardeur,
L'enflamoit davantage aux soins de sa Grandeur?

    On ne peut pas si tost s'oster de la memoire
Vne si glorieuse & si belle victoire:
Vous en deviez encore garder le souvenir,
Parce qui s'est passé iuger de l'avenir,
Et quelque mauvais temps que la saison nous cause, * La populace ayant appris que l'on avoit resolu dans l'Hostel de Ville de se rendre, animée par la Garnison courut en tumulte par la Ville, menaçant de tuer ceux qui le voudroient faire, & pilla quatre maisons des plus notarables Bourgeois.
Conclure qu'un Soleil iamais ne se repose.
    Cependant le Demon eschappé de ses fers,
Et sorty de rechef de la Nuit des Enfers,
Voyant les Citoyens reduits à se soûmettre,
Et sa noire fureur ne leur pouvant permettre,
Met la Ville en * discorde, émeut la Garnison,
Et du peuple mutin aveuglant la raison,
Luy fait prendre un dessein à ce dessein contraire,

Et d'un soufle infernal excite sa colere.

Quoy? leur dit cet Esprit, en fascinant leurs yeux,
Vous pourriez approuver ce Conseil odieux?
Et ce malheureux Camp que vous voyez paraître,
Sans conduite & sans Chef deviendroit vôtre Maître?
Car ne presumes pas qu'en ces Dereglemens,
Où l'on voit un conflict de tous les Elemens,
Un Roy vouluft luy-même exposer sa personne,
Et se charger d'un Casque, au lieu de sa Couronne.

A ces mots, tout le peuple excité par l'Enfer,
Porte dans tous les lieux & la flame & le fer,
Et passant tout à coup aux plus enormes crimes,
Des premiers Citoyens veut faire ses victimes,
Enfonce leurs Maisons, les pille, les détruit,
Et le fer en tous lieux, ou la flâme reluit;
Quiconque se veut rendre est digne de suplice,
Il court sur les Rempars, s'y joint à la Milice,
Fait feu de tous côtez, renonce à tout accord,
Et contre tout le Camp croit son bras assez fort.

L'invincible LOUIS voyant cette insolence,
Déploye de nouveau l'effort de sa puissance,
Donne ordre pour l'Attaque, & veut au même instant
Se vanger de l'orgueil de ce peuple inconstant.

L'Aurore commençoit à r'ouvrir la Barriere,
D'où vient à l'Univers, le iour & la lumiere,
Quand par l'ordre du Roy deux puissans Bataillons,
Plus craints que sur les flots ne sont deux Tourbillons,
A l'attaque du mur, marchent teste baissée,

Ou

Ou la pâle frayeur s'estoit déja glissée,
Et donnoit aux Mutins un secret repentir,
D'avoir troublé la paix au lieu d'y consentir.

Déja tous nos Guerriers d'une course commune,
Tournoient leurs prompts efforts contre la demi-Lune,
Quand le triste Assiegé sans force & sans chaleur,
Se voyant menacé de son dernier malheur,
Ouvre de tous costez les portes de la Ville,
Et pour demander grace en sort à longue file.
L'intrepide Aubusson qui le croyoit armé,
Luy iettant un regard de colere enflammé,
Y tourne au même instant, & ses pas & ses Armes,
Mais le voyant soûmis, & tout baigné de larmes,
Passe sans l'attaquer, & pousse en même temps,
Aux portes de la Ville avec ses Combattans,
S'en rend maistre, & forçant tout ce qui luy fait teste,
Assure au grand LOUIS cette illustre Conqueste.

Besançon de tout temps l'honneur des Champs
    Comtois,
L'est encore en nos iours, & se partage en trois.
Le Doux lent & profond le coupant de ses Cornes,
D'une Ville en fait deux, & leur marque des bornes.
Le Reste est un Rocher superbe & spacieux,
Qui dédaigne la Terre & menace les Cieux,
Ou l'Espagne en nos iours fit une Citadelle,
Qui sembloit deffier la puissance mortelle,
Et dont nos Ennemis en leur aveugle orgueil,
Crurent faire aux François un funeste Cercueil.

D

Le Duc de la
Feüillade à
la tête de
deux batail-
lons des Gar-
des, s'assura
des portes de
la Ville, &
poursuivit les
Ennemis qui
se retiroient
dans la Cita-
delle, iusqu'à
l'Eglise saint
Iean, dont il
se rédit maî-
tre.

LOUIS ayant foûmis & l'une & l'autre *Ville*,
Et foudroyé les *Murs* qui leur fervoient d'*Afyle*,
Il ne luy reſtoit plus que ce puiſſant *Rocher*,
D'où *Mars* tout *Dieu* qu'il eſt eût craint de s'aprocher.

  Mais aprés tous les maux qu'un fi grand *Siege* cauſe,
Il veut pour quelque temps que fon *Camp* fe repoſe,
Et pour le premier fruit de tant de beaux *Lauriers*,
Jl donne quelque *Trêve* à fes braves *Guerriers*.

  Cependant cent *Heros* attirez par la *Gloire*,
des *Climats* eſtrangers en ce *Champ de Victoire*,
Aprés avoir montré par mille beaux *Exploits*,
Qu'ils ne cedoient en rien à nos braves *François*,
Curieux de fçavoir les cauſes d'une guerre,
Où *LOUIS* eſtoit feul contre toute la *Terre*,
Quel bizare *Deſtin* pour troubler fes progrez,
Oppofe fes voifins à tous fes intereſts,
Et par quel afcendant, ou quelle noire intrigue,
Tant d'*Eſtats* contre luy font une même ligue;
Vn François fe prefente, & fa civilité
Contente par ces mots leur curiofité.

  Entre tous les *Eſtats* qui partagent le monde,
Et dont le nom fameux remplit la *Terre* & l'*Onde*,
L'*Eſpagne* eſt le plus fier, & cette *Nation*
Porte plus haut fon faſte, & fon ambition.

  C'eſt là que cet *Eſprit de Conqueſte* & d'*Empire*,
Qui veut qu'à s'élever fans ceſſe l'homme aſpire;
Que ce *Demon* des *Grands* à leur repos fatal,
Eſt comme dans fon *Centre*, & dans fon lieu *Natal*.

C'eſt à ſes Souverains qui regnent ſur le Tage,
Qu'il promit autrefois l'Univers en partage,
Quand Charles aveuglé de ſes vaſtes projets,
Entreprit de nous mettre au rang de ſes Sujets.

Charles V. Empereur & Roy d'Eſpagne, s'eſtoit propoſé la Monarchie univerſelle, & d'aſſujettir la France.

Mais les ſecrets reſorts que meut la Providence,
Ayant borné ſes vœux, & trompé ſa prudence,
Ce Peuple imperieux ſans quiter ſon deſſein,
Ronge depuis ce temps ſecrettement ſon frein,
Et contemple à regret du haut des Pyrenées,
De Lauriers toûjours vers nos armes couronnées.
Déia depuis deux ans l'Eſpagne dans l'effroy,
Au recit merveilleux des exploits de mon Roy,
Des Rempars de Madrid, & des Tours de Bruſſelles,
Voyoit avec douleur ſes Conqueſtes nouvelles,
Enviſageoit le Rhin chargé ſur ſes deux bords,
D'un affreux embaras de carnage & de morts.

Elle ne pouvoit voir que d'un œil plein d'envie,
Aux Armes de LOUIS la Holande aſſervie,
Et qu'un Peuple ſi fier retractant ſes forfaits,
Imploraſt ſa Clemence, & demandaſt la Paix.

Là ſon ambition luy faiſant violence,
La força par ces mots à rompre le ſilence.
Quoy la France triomphe, & le bras de ſon Roy,
Gagne donc un Laurier qui n'eſtoit dû qu'à moy?
Quoy cét heureux Vainqueur en trois mois de Capagne,
Fera plus qu'en cent ans n'a pû faire l'Eſpagne?
Quoy les Lis regneront ſur la Meuſe, & le Rhin,
Les Holandois vaincus changeront de Deſtin,

D ij

Et moy pour qui iamais le Soleil ne se couche,
Qui ne vois point de lieux où mon Sceptre ne touche,
A qui les Destins méme ont autrefois promis,
L'entier abbaissement de tous mes Ennemis,
Ie me verray vaincuë, & toute ma puissance
N'aura pû les ranger à mon obeïssance?
Ha ! pourrons-nous souffrir un affront si cruel?
Sauvons, sauvons plutost ce Peuple criminel,
Et puisque ie n'ay pû l'attaquer qu'à ma honte,
Ne souffrons pas au moins que la France le domte.

    C'est ainsi que l'Espagne expliquoit son couroux,
Ainsi qu'elle excitoit ses sentimens ialoux,
Ainsi que la douleur dont elle estoit atteinte,
Cherchoit à s'adoucir en s'ouvrant à la plainte,
Et que n'osant s'armer contre un si grand Vainqueur,
Sa haine & sa fierté l'attaquoient en son cœur,
Querelloient en secret ce puissant Adversaire,
Et d'un ialoux depit nourrissoient sa colere.

    Mais le Demon d'Erreur de l'Abîme sorty,
Afin de restablir ce coupable Party,
Voyant encor l'Espagne incertaine & douteuse,
De l'un de ses Agens prend la forme trompeuse,
Se presente aux Estats, leur promet du secours,
Releve leur espoir par un masle discours,
Et d'un nouvel orgueil ayant remply leur ame,
Et coulé dans leur sein une infernale flàme,
Sous ce masque trompeur ce tenebreux Esprit,
Passe en ce méme instant de la Haye à Madrid,

                                                Et

Et rempliſſant la Cour de Nouvelles frivoles,
Cache ſon noir poiſon ſous ces feintes paroles.

    Pour connoître les maux dont nous ſommes preſſez,
Mes ſoûpirs, ſans ma voix, vous en diroient aſſez:
L'Ambitieux François enflé de ſes Conqueſtes,
Prepare un joug affreux pour ietter ſur nos teſtes;
Le Holandois vaincu ne le contente pas,
Le Belge eſt menacé des fers ou du trépas,
Et je doute à preſent ſi nos plus fortes Places,
N'ont pas déja ſenty l'effet de ſes ménaces.
Attendrons-nous icy qu'il traverſe les Mons,
Pour aſſeoir à Madrid le Trône des Bourbons?
Et faut-il differer à luy faire la guerre,
Quand il aura ſoûmis la moitié de la Terre?
Non, non, il faut s'armer, il faut le prevenir,
S'il trouble l'Univers nous l'en devons punir;
Et ſi ſon grand Bon-heur, & ſes Progrez rapides,
Ont pû juſqu'à preſent rendre vos cœurs timides;
S'ils ont pû juſqu'icy tenir vos bras captifs,
Quittez dés ce moment ces ſentimens craintifs;
Son Bon-heur eſt paſſé, ſes Conqueſtes ſont faites,
Les Cieux n'ont plus pour luy que de triſtes deffaites,
Et vous ne devez plus redouter les deſſeins,
D'un Prince que le ſort va livrer en vos mains.
Les extrémes perils ou ſa Valeur l'entraîne,
Preparent à l'Eſpagne une palme certaine,
Et l'on ſçait que la France a déja par trois fois,
Pleuré de tous ſes yeux la priſon de ſes Rois.

                                     E.

On fçait que ce grand Prince amoureux de la Gloire,
Au milieu des Combats va chercher la Victoire,
Et que sans retenuë, & sans se ménager,
Il affronte la Mort, & brave le danger.

    Ainsi ce noir Demon coloroit ses mensonges,
Et verfoit dans les cœurs cette Erreur & ces songes.
Mais l'Ange protecteur du plus grand des Bourbons,
Sçait vaincre & diſſiper le projet des Demons:
LOUIS en cette guerre & si iuste & si sainte,
Combattant pour le Ciel, doit combattre sans crainte;
On ne peut succomber quand on a son appuy,
Tout l'Univers envain armeroit contre luy,
Il aura l'heureux fort, quoy que l'Enfer obstine,
Qu'eut Charles à Fornoüe, & Philippe à Bouine.

    Cependant le Demon plein d'un autre soucy,
Voyant que son mensonge a si bien reüſſi,
Des Remparts de Madrid, & des rives du Tage,
Paſſe à la Cour de Vienne en ce méme équipage,
Entre dans le Conseil, & porte en tous les Cœurs,
Et les mémes soupçons, & les mémes fureurs;
Dit que tout eſt permis contre ses Adverſaires,
Que l'équité, la foy font de vaines Chimeres,
Que les Vertus des Grands font les Crimes heureux,
Et que tout ce qui ſert devient iuste pour'eux.

    Aprés avoir soufflé ces coupables Maximes,
Et donné dans ces lieux l'entrée à tous les Crimes,
Il fort des Murs de Vienne, & sur un Tourbillon
Plus froid que les frimats que pouſſe l'Aquilon,

Charles 8.
Roy de Fran-
ce deffit à
Fornoüe pe-
ite ville d'I-
alie 60000.
hommes qui
uy vouloiët
mpêcher le
aſſage, quoy
qu'il n'en eut
que 8000.
culement.
Philippe Au-
uste deffit à
Bouine les
armées de
l'Empereur,
du Roy d'An-
gleterre, &
du Comté de
Flandre, li-
guez contre
uy.

Il traverse les airs, & tout à coup vient fondre,
Au milieu des Remparts de la superbe Londre.

    Là se tenoit alors ce fameux Parlement,
Qui donne à tout l'Estat l'ame & le mouvement,
Où cét Esprit trompeur joüant un nouveau Rôle,
Prend d'un vray Holandois l'habit & la parole,
Dit tout ce que l'Enfer luy peut avoir appris,
Et par ce feint discours gagne tous les Esprits.

    Vous voyez à vos pieds la Holande affligée,
Loin de vanger les maux où vous l'avez plongée,
Vous demander la Paix, embrasser vos genoux,
Et chercher pour iamais à s'unir avec vous.
Que si malgré ses soins elle a pû vous déplaire,
Elle en a du regret, & veut vous satisfaire,
Et pour vous mieux marquer quel est son déplaisir,
Elle fera sa loy de vôtre seul desir.

    Quelle Gloire aurez-vous d'achever sa disgrace,
Quand elle est à vos pieds, & qu'elle les embrasse?
Et qu'elle utilité pouvez-vous esperer,
D'une Guerre qu'un iour il vous faudra pleurer?

    Helas! à quelle erreur vous laissez-vous surprēdre?
Pouvés-vous ne pas voir quel piege on veut vous tēdre?
Et si vous le voyez, pourquoy vous ioignez-vous
A des Ambitieux qui servent leur couroux?
Ne connoissez-vous pas leur humeur inquiete?
Et pouvez-vous douter qu'après nôtre deffaite,
Leur Monarque emporté par tāt d'heureux Progrés,
N'arme tout son pouvoir contre vos interests?

E ij

Voftre Religion à la fienne contraire,
Servira de Pretexte à ce fier Adverfaire,
Et peut-eftre qu'alors vous verrez, mais trop tard
Des fecrets qu'aprefent on vous cache avec art.
Les Rois mal-aisément fouffrent dans leur Empire,
Des Suiets dont la voix puiffe leur contredire,
Et cette Authorité qui vous fait redouter,
Eft pour un Souverain tres dure à fupporter.
Ne vous aveuglez point de grace iufqu'à croire,
Que vous tiriez des fruits d'une telle victoire;
Si nous tombons iamais fous l'effort de vos coups,
L'union des deux Rois eft funefte pour vous;
Leur bonne intelligence en cette iniufte Guerre,
En vainquant la Holande affoiblit l'Angleterre,
Et quand nous n'aurons plus d'armes à vous préter,
Que vous aurez laffé vos bras à nous domter,
Que nous aurons versé tout le fang de nos veines, (nes;
Pour prix de vos travaux vous n'aurés que des chaî-
Cét Augufte Senat voudra pour lors en vain,
S'oppofer aux efforts d'un pouvoir fouverain,
Il faudra fe foûmettre au cruel joug des armes,
Où voir couler des flots & de fang & de larmes,
Et de voftre pouvoir le refte languiffant,
Ne fera plus alors qu'un fecours impuiffant.
C'eft vous en dire affez, & ie n'ofe m'étendre,
Sur tout ce que ie crains, & qu'on peut entreprendre;
La Paix doit auiourd'huy faire tous vos fouhaits,
Et nous vous demandons auiourd'huy cette Paix:
                                        Brifez.

Brifez en l'accordant les chaînes qu'on fabrique,
Contre vos libertez, & noftre Republique,
Et pour vous affermir dans voftre Authorité,
Montrez qu'elle dépend de voftre Volonté.

    Là ce funefte Efprit en s'impofant filence,
Infpira dans les Cœurs l'orgueil & l'infolence,
Leur fit parler au Roy d'un ton plus refolu,
Regler à leur defir fon pouvoir abfolu,
Et malgré fon vouloir, malgré noftre Alliance,
S'unir aux Holandois, & rompre avec la France.

    Ce monftre en même temps par la route des Airs,
En porte la nouvelle en cent Climats divers,
Et paffant fur Munfter, & fur d'autres Provinces,
De fa funefte haleine envenima leurs Princes,
Empefta leur Confeil de fon lâche poifon,
Pour corrompre leur foy, corrompit leur raifon,
Et pour ne pas manquer à l'exemple des autres,
Detacha plainement leurs interefts des noftres.

    Cependant mon Heros voyant que pour la Paix,
L'Univers allarmé faifoit de vains fouhaits;
Et que fes Ennemis contre l'intereft même,
De leur Religion & de leur Diadéme,
Mettoient l'Apoftafie en leur Protection,
Et n'ecoutoient plus rien que leur Ambition;
Qu'ils violoient fans ceffe aux yeux de tout le Monde,
Les Droits les plus facrez fur la Terre & fur l'Onde,
Et que Cologne enfin manquant à fon devoir,
Souffroit impunément un Attentat fi noir,

                                   F

Quitte avecque plaisir les Charmes de Versailles,
Pour les Travaux de Mars, & l'horreur des batailles,
Et marchant sur les pas des plus braves Heros,
Prefere les Combats aux douceurs du Repos.
Il attire aprés luy de ce lieu tout aimable,
Tout ce que l'Univers a de plus adorable,
Et ce Palais charmant où tout semble enchanté,
Au depart de LOUIS perd toute sa beauté.
Le plus beau des Objets, la plus grande des Reines,
Veut marcher sur ses pas, veut partager ses peines,
Et la ieune Valeur de son ieune Dauphin,
Veut déja prendre part à son noble Destin.
Mille & mille Guerriers Amans d'autant de Belles,
Deviennent pour un temps à leurs flames rebelles,
Et l'honneur de marcher sous le plus grand des Rois,
Les souſtrait pour un temps aux amoureuses loix.

Mille ieunes Amours ennemis des allarmes,
Déchirent leurs bandeaux pour essuyer leurs larmes ;
Les Graces sans vigueur negligent leurs attraits,
Et l'Amour abandonne & sa Trousse, & ses Traits,
Il faut tout Dieu qu'il eſt qu'il cede la Victoire,
Et l'on brise ses fers pour courir à la Gloire.
Parmy tant de Heros le Roy comme un Soleil,
Eblouït tous les yeux d'un éclat sans pareil,
Se montre aux Ennemis comme un foudre de guerre,
Qui porte la terreur aux deux bouts de la Terre,
Et qui marque en ses yeux, en sa mine, en son port,
Qu'il eſt dans les Combats l'Arbitre de son sort.

Là l'Illuſtre Philippe *auprés du Roy ſon frere,*
Brille de ſon éclat, reflechit ſa lumiere,
Et portant dans ſon ſein un cœur tout Martial,
Dans l'amour de la Gloire eſt ſon plus grand Rival.

   Le Valeureux Anguien *fils d'un Pere invincible,*
Dont le Nom fut toûjours ſi Grand & ſi terrible,
Et dont le ſang illuſtre, & les fameux Exploits,
Egalent ſes Deſtins à ceux des plus grands Rois,
Paroît aux premiers rangs avec la méme audace,
Qu'eurent dans les dangers les Heros de ſa Race.

   Enſuitte on voit marcher cent autres Demy-Dieux,
Qui forcent la fortune à les ſuivre en tous lieux,
Et dont l'ardeur guerriere égale à leur Nobleſſe,
Tient tout de l'heroïque, & rien de la foibleſſe.
Le fameux Luxembourg *le fleau des Holandois,*
Dont la Meuſe & le Rhin ont connu les Exploits,
Et dont malgré le Sort Vœrden, *&* Bodangrave,
Parleront à iamais chez le Peuple Batave.

   Le vaillant Aubuſſon *dont l'intrepidité,*
Etale ſur ſon front une noble fierté,
Et de qui la valeur, & la main aguerrie,
Du pouvoir des Croiſſans a ſauvé la Hongrie.
   Cruſſol, Harcourt, Duras, Dulude, & Rochefort.
Dont le bras aux Aſſauts eſt également fort.
   Fourilles, Villeroy, Fourbin, Marſan, & Thermes
Du Soldat chancelant les apuis les plus fermes.
Revel, & Chiverny, Genlis, & ſaint Geran,
Dont la Valeur répond à la ſplendeur du rang;

Et mille autres encor dont parlera l'hiftoire,
Sur les pas de LOUIS volent à la Victoire.

    Déja ce Conquerant fous la forme de Mars,
Aux rivages du Doux montroit fes Eftendarts,
Et c'eftoit fur fes bords où l'orgueilleufe Efpagne,
Se flatoit d'arrefter cet heur qui l'accompagne ;
Où des fatalitez l'inevitable loy,
Devoit fe declarer contre ce puiffant Roy,
Faire fondre fur luy mille & mille Tempeftes,
Ruiner fon Armée, & borner fes Conqueftes.

    Ce fut fur cét Efpoir que fa vaine fierté,
Fit refus dans ces lieux de la Neutralité,
Et qu'elle fe promît de vaincre ce grand Prince,
S'il tournoit fes deffeins contre cette Province.

    Le brave Vaudemont iffu de fang Lorain,
Sur cét Efpoir trompeur avoit paffé le Rhein,
Traversé tant de lieux, & plein de Confiance
Contre ce grand Monarque entrepris fa deffenfe.

    Mais qui peut furmonter la vertu des Heros ?
La peine eft leur plaifir, le Travail leur repos,
Et les mauvais Deftins n'ont pas fur leurs fortunes,
Ce droit qu'ils ont acquis fur les ames communes.

    Ce païs dont le nom vient de fa Liberté,
Ioignant le mot de Franche, à celuy de Comté,
A des Mons fpacieux, a de larges Rivieres,
Qui deffendent fes Champs, & bornent fes Frontieres.
A l'Orient Iura, Vauge au Septentrion,
Tiennent lieu de barriere à cette Region,

                      Et

Et la Sône & le Doux dans leurs Grotes profondes,
Enrichissent ses Champs du Tribut de leurs Ondes.

L'invincible LOUIS pour mieux braver le sort,
Lance ses premiers coups sur l'endroit le plus fort;
Des Murs de Besançon, *il approche sa foudre,*
Et malgré les Destins veut les reduire en poudre.

Il ceint de toutes parts cette grande Cité,
Superbe par sa force, & son Antiquité,
Et plus superbe encor d'avoir en son Enceinte,
Le Suaire *sacré de l'humanité sainte,*
Dont la Vertu Celeste adorable en tout temps,
Sert de Palladion à tous ses Habitans.
Fiere d'un tel secours, & de sa Citadelle,
Qui fait de ses Remparts l'apuy le plus fidele,
Et qu'un Roc entouré d'un fleuve officieux,
Met hors de toute attaque en l'élevant aux Cieux,
Elle ose resister au plus grand Roy du monde,
Et veut que son audace à sa force réponde.

Ses plus braves Guerriers sortent de ses Remparts,
Vaudemont *les anime à tenter les hazards,*
Et marchant à leur teste excite leur Courage,
A s'ouvrir par le fer un glorieux passage.

Mais ce hardy projet, cet effort vigoureux,
N'éprouve pas le sort également heureux,
La Valeur des François *le force à la retraitte,*
Pour ne pas achever son entiere deffaite.

Vaudemont *renfermé par un si puissant Roy,*
Sent fremir tout son Cœur d'un invincible effroy,

G

Et craint apparemment s'il tombe en esclavage,
Qu'au sang de Furstemberg, il ne serve d'ôtage;
Et qu'aprés tant de Droits injustement trahis,
Le Destin ne le livre aux mains du grand LOUIS.

   L'Assiegé toutefois n'en a pas moins d'audace,
Il ne compte pour rien cette foible disgrace,
Et ramassant un Corps plus fort & plus nombreux,
Menace les François, & va fondre sur eux;
Il sort à rangs pressez, & fort d'un si grand nombre,
Il ne veut rien devoir à la faveur de l'ombre,
Et conservant toûjours & son ordre & son rang,
Se répand tout à coup, comme un affreux torrent,
Porte au Camp des François de subites allarmes,
Fait triompher d'abord la fureur de ses armes,
Et croit justifier par un si prompt effort,
Les promesses du Ciel, où les arrests du sort;
Quand il voit tout à coup la fortune qui change,
Et le François vainqueur qui le domte, & se vange:
En vain il se r'allie, il s'évertuë en vain,
Son sang à gros boüillons coule sur le Terrain,
Et dans son fier espoir son audace seduite,
N'a plus d'autres secours que celuy de la fuite.

   Ainsi les Ennemis retirez dans leurs Murs,
Pensent pour se deffendre à des moyens plus seurs,
La presence du Roy fait trembler le plus ferme,
Il s'approche, les bat, les presse, & les renferme.

   On vous vit arriver presqu'en ce même temps,
Et signaler vos bras par des faits éclatans.

10. May
Ennemis
: une for-
vigoureu-
2. heures
s midy,
s ils furêt
or plus
ureuse-
t repous-

Depuis vous avez veu la prise de la Ville,
Et je ferois du reste un recit inutile.
    Là cét homme obligeant finissant son discours,
A ses doux entretiens fit prendre un autre Cours.
    Tout le Camp cependant ayant repris haleine,
Repasse en méme temps du repos à la peine;
Ce terrible Rocher se presente à ses yeux,
Et refroidit l'ardeur du plus audacieux.   (*cles,*
    Mais LOUIS qui n'est né que pour les grands Mira-
Force par sa valeur les plus puissans obstacles,
Et cét Esprit guerrier qui l'anime aux Combats,
Passe & se communique au cœur de ses Soldats.
Aux grandes Actions ce méme Esprit les pousse,
Le repos leur déplaist, la peine leur est douce,
Les plus lâches Guerriers deviennent genereux,
Et les plus grands hazards ont des charmes pour eux.
    Ainsi l'Astre du jour par sa vertu feconde,
Perce du haut des Cieux jusqu'au Centre du Monde,
Et passant dans le sein de tant d'Estres divers,
Echauffe tous les Corps, & meut tout l'Vnivers.
Tout le Camp à l'envy d'un courage invincible,
Se presse d'attaquer ce Poste inaccessible;
Il n'est point de Machine, il n'est point de Ressorts,
Dont on ne fasse agir les foudroyans efforts,
Et plus cette Entreprise est glorieuse & belle,
Plus chacun fait paraistre & d'ardeur & de zele.
    Toutefois cette Ardeur trouve peu de succez,
Et ne rend pas ce Roc de plus facile accez;
G ij

Il eſt toûjours hautain, toûjours inacceſſible,
Et la priſe toûjours en paraiſt impoſſible.

Déja l'Aſtre éclattant qui nous donne le iour,
Eſtoit preſt d'éclairer à ſon prochain retour
Cette Feſte adorable où la Trinité ſainte,
Reçoit de nous des vœux pleins d'amour & de crainte.

Le Roy craignant de voir ſes deſſeins arreſtez,
Et conſultant le Ciel ſur ces difficultez,
Vit, ou crût au moins voir pendant une Nuit calme,
Le premier des Martyrs couronné d'une palme,
Qui luy montroit ſon Temple aſſis ſur ce Rocher,
D'où, ſans aucun peril, l'ayant fait approcher,
Et chaſſé l'Ennemy d'une Main vangereſſe,
Il avoit foudroyé toute la Fortereſſe.

Par cette viſion le Roy perſuadé,
Que le ſecours du Ciel veut eſtre ſecondé,
Et certain que ce Temple hoſte du ſaint Suaire,
N'eſtant plus au pouvoir de ſon fier Adverſaire,
Luy deviendroit fatal, & propice aux François,
Se reſoud au plûtoſt de l'oſter aux Comtois.

Le Soleil revêtu de toute ſa lumiere,
Luiſoit alors à plomb du haut de ſa Carriere,
Lorſque pour obeïr à ce celeſte Avis,
Le Roy donne un ſignal, dont les ſiens ſont ravis.

Du ſommet d'une * Tour une poudre allumée,
Appelle à cét Exploit les Braves de l'armée,
Et pour les exciter de toutes les façons,
On adiouſte à ce feu la foudre des Canons.

Le jour de la Trinité le Fort ſaint Eſtienne fut emporté, d'où l'on bâtit enſuite la Citadelle en ruine.

Ce fut entre 11. heures & midy, qu'on priſt le Fort S. Eſtienne, où les Gardes & les Mouſquetaires môterêt l'eſpée à la main. * Ce fut le ſignal que le Roy donna pour cét aſſaut.

D'Au-

D'Aubuſſon & d'Ayen, *à la teſte des Gardes,*
A travers mille traits , & mille halebardes,
Vont donner à la droite un aſſaut violent,
Et couvrent ce Rocher d'un carnage ſanglant.
L'Illuſtre Harcourt *à gauche avec les Mouſquetaires,* C'eſt Mon-
Dont le nom fait trembler nos plus fiers Adverſaires, ſieur le Che-
Monte en pas de Gean à ce terrible Fort, valier de
Lorraine.
Et porte aux Ennemis l'épouvente & la mort :
Fourbin & Maupertuis, *dont l'ame grande & prôte,*
Ne voit point de danger que leur valeur n'affronte,
Et cent autres Guerriers pouſſez de méme ardeur,
Surmontent de ce Roc l'effroyable roideur.
Le Ciel pour ſe vanger de l'Eſpagne infidelle,
Qui d'un Peuple heretique embraſſe la querelle,
Frappa les Aſſiegez d'un grand Eſtonnement ,
Leur fit en cét Aſſaut perdre le jugement,
Et du ſein ondoyant d'une éclatante Nuë,
Dont les vives ſplendeurs éblouïſſoient la veuë,
Vn Guerrier immortel pouſſoit les Aſſaillis,
D'un glaive couronné de Palmes & de Lis.
Ainſi ce lieu ſacré Gardien du ſaint Suaire, C'eſtoit dans
N'étant plus au pouvoir d'une main étrangere, ce Temple
Le vainqueur s'y retranche , y fait un logement, qu'on hono-
roit le ſaint
Et ſur les Ennemis tonnant inceſſamment, Suaire.
Les remplit de terreur , & verſe ſur leur teſte,
D'un fracas étonnant l'étonnante tempeſte.
L'Aſſiegé qui ſe trouve en cette extrémité,
D'une extréme frayeur paſſe à l'impieté,

H

Et pousé de l'esprit qui l'aveugle & l'inspire,

Charge un ample Mortier; le feu prend, le coup tire,
Pousse une bombe en l'air qui tombant en éclats,
Fait sur ce Temple saint un horrible fracas.
Le feu s'y prend soudain, & la flame rempante,
Devore en un moment le Comble & la Charpante.
L'Assaillant toutefois arrivant au Secours,
De cet embrasement eût retranché le cours,
Et ses pieuses mains malgré ce coup funeste,
De ce lieu si devot alloient sauver le reste,
Quand on voit derechef une autre Bombe en l'air,
Comme un foudre grondant precedé d'un éclair,
Par une impieté qui n'eut iamais d'exemple,
Achever ce grand crime, & confumer ce Temple.
Le Roy ne peut apprendre un si triste malheur,
Sans en eftre touché d'une vive douleur;
Et pour vanger les Cieux de ce grand facrilege,
Avec plus de chaleur prese ce fameux Siege,
Redouble ses travaux, & fes Retranchemens,
Dresse de tous coftez de nouveaux logemens,
Et lâchant de ce lieu fes plus fortes Machines,
Change la Citadelle en d'affreuses Ruines.
Alors les Assiegez voyent pleuvoir sur eux,
Un Deluge effrayant de-bitume & de feux;
Et quoy que mille bras de crainte des approches,
Roulent du haut en bas des poutres & des Roches,
Qu'ils lancent fans repos d'un violent couroux,
Le bitume, la poix, le fer, & les Cailloux,

L'Aſſiegeant toutefois s'approche des Murailles,
Leur livre Nuit & iour de ſanglantes batailles,
Va ſous les Mantelets iuſqu'au pied des Remparts,
Et répand au dedans l'effroy de toutes parts.

Le triſte Vaudemont dont la triſte fortune,
Se rend de iour en iour, toûjours plus importune,
Seur qu'aprés tant de peine,& tant de maux ſoufferts,
Il ne peut éviter où la mort, où les fers;
Celuy qui dans ce Fort commande pour l'Eſpagne,   C'eſtoit le
                                                 Baron de
Sentant de plus en plus l'effroy qui l'accompagne,   Soye,
Viennent ſe proſterner aux pieds de ce grand Roy,
Luy confier leur vie, & luy donner leur foy. (Gloire,

Grand Prince, dit l'un d'eux, dont le Nom & la
Paſſent tous les Heros, dont ſe pare l'hiſtoire,
Tu nous vois à tes pieds & vaincus & ſoûmis,
Et nous ceſſons enfin d'eſtre tes ennemis.
Nous te rendons un Fort qu'on nous eût veu déffendre,
Contre le grand Ceſar, & le grand Alexandre:
Mais il faut que tout cede à l'effort de tes coups,
Et ces deux grands Heros te cedent comme nous.

Cette ſoûmiſſion & promte & volontaire,
Deſarme ma vengeance, & flechit ma Colere,
Et vous avez trouvé, répondit ce grand Roy,
L'infaillible moyen de triompher de moy.

Allez, adiouta-t'il, ie vous rends à vous-mémes;
Quoy qu'on ſe porte ailleurs à des Rigueurs extrémes,
Et que pour me vanger, ie pûſſe contre vous,
Faire éclater l'aigreur de mon iuſte Couroux;

Ie sçauray toutefois par un effet contraire,
Ne prenant que de moy l'exemple de bien faire,
Me vanger seulement de tant de cruauté,
En vous laissant vos biens & vostre liberté.

    Ces deux Chefs estonnez d'obtenir tant de grace,
Font aussi-tost ouvrir les portes de la Place,
L'Assiegeant s'en saisit, la Garnison en sort,
Toute hostilité cesse, & l'on cede au plus fort.

    Le Roy victorieux y veut entrer luy-méme,
Son bon-heur le surprend voyant sa force extréme;
Mais le carnage affreux qui s'offre à ses regards,
Et l'horrible debris qu'il voit de toutes parts,
Luy font plaindre en secret le triste sort des armes,
Et son rare bon-heur luy fait tomber des larmes.

    La Nymphe cependant toute yeux & toute voix,
Répand par l'Vnivers ces glorieux Exploits.
Paris au premier bruit d'une telle victoire,
Par mille & mille feux en fait briller la Gloire,
Et pour ne point douter de ce succez heureux
Qui remplit nostre attente, & comble tous nos vœux,
Vaudemont, dont la voix doit passer pour fidelle,
Vient luy-méme à Paris, en porter la Nouvelle,
Publier les bien-faits qu'il a receus du Roy,
Et décharger mes Vers de cet illustre employ.
Le genereux excez d'une telle Clemence,
De tous nos Ennemis doit forcer le silence,
Et leur faire avoüer d'une commune voix.
Que LOUIS en tout temps est le plus grand des Rois.

CHANT

CHANT II.

A Peine Besançon *glorieux de se rendre*,
Vit avec tous ses Forts sa Citadelle en Cendre,
Que LOUIS tourne ailleurs ses soins & ses travaux,
Et sortant des Combats en cherche de nouveaux.
Salins *reste à domter*, & *la superbe* Dole,
Le provoque contr'elle, & tout son cœur y vole.

  Déja ce Conquerant, *tout autre soing à part*,
Donne à son Camp *vainqueur les ordres du depart.*
Cét ordre estant donné la Trompette *resonne*,
L'air s'émeut à ce bruit, la terre s'en estonne;
On voit de tous costez sur le dos des Sillons,
Mouvoir des Chariots, *marcher des* Bataillons,
Rouler de toutes parts des Machines de Guerre,
Et faire un bruit semblable au bruit d'un long Ton-
  nerre.
L'avantgarde déja s'eloignant des Rempars,
Se perd dans les Vallons, *& s'echappe aux regards:*
La Bataille qui suit cede à l'arriere-garde,
Et tout s'echappe enfin à l'œil qui le regarde:
Tout suit, *sans s'écarter des Rivages du* Doux,
Et Dole *sent déja la foudre de leurs coups.*

  Le Clair-flambeau du iour *se redonnant au* Monde,
Sur un Char *rayonnant sortoit du sein de l'Onde,*

I

Et sembloit redoubler ses feux & sa Clarté,
Pour rendre le beau temps qu'il nous avoit osté,
Et pour favoriser par un surcroît de charmes,
L'équité de nos vœux, & celle de nos armes.

Les premiers Escadrons déja de tous costez,
Estoient autour des Murs confusément postez,
Quand on en voit sortir une Trouppe guerriere,
Aussi grande que forte, aussi brave que fiere,
Qui témoignoit assez en venant au devant,
Qu'en de pareils hazards on la voyoit souvent.
Elle vient à la charge avec ardeur pareille,
Ce n'est qu'à sa valeur que son bras se conseille,
Et les premiers efforts qui partent de son bras,
Font voir que les perils ne l'épouvent ent pas.
Toutefois sa valeur par un mauvais Auspice,
Dés ce premier Combat n'a pas le Sort propice,
Et nos braves Guerriers à vaincre accoustumez,
Font bien voir dés l'abord quel sang les a formez;
Les Ennemis vaincus regagnent leurs Murailles,
Ils laissent sur le Champ de tristes funerailles,
Et reportent chez eux malgré tant de valeur,
Vn presage secret de leur prochain malheur.

Sur les Rives du Doux cette Ville est assise,
Forte de ses Rempars, fiere de sa franchise,
Et dont le Parlement, & l'Vniversité,
En augmentant sa Gloire, augmentent la fierté.

L'Assiegé cependant plein de trouble & de crainte,
Voit autour de ses Murs une effroyable enceinte,

Il en paroiſt moins fier , & le ſeul nom du Roy,
Répand iuſqu'en ſon cœur un invincible effroy.

    Ce Guerrier ſans pareil, ce Prince infatigable,
Qui fait honte aux Heros que nous vante la fable,
Fait bien ſentir d'abord que quelque nouveau Mars,
S'approche de la Ville , & preſſe ſes Rempars.
Au moment qu'il arrive on ouvre la Tranchée,
De Cadavres ſanglans , la Campagne eſt jonchée,
Et les fiers Aſſiegez par leurs frequents Aſſauts,
Ne font que s'affoiblir , & qu'accroître leurs Maux:
Le Roy d'un ſeul Regard en tourne plus en fuite,
Que tous les bataillons qu'on met à leur pourſuite,
Et le nom de LOUIS porté parmy les rangs,
Eſt plus craint que l'effort des plus affreux Torrens,
Plus craint que les Vaiſſeaux ne craignẽt le Naufrage,
N'y que les plus hauts Pins n'apprehendent l'Orage.

    En vain le Commandant publie avec orgueil,
Que plûtoſt ſes Rempars luy feront un Cercueil,
Et que plûtoſt ſes Murs ſeront reduits en poudre,
Que iamais à ſe rendre on le puiſſe reſoudre;
On l'en verra dedire , & cette vanité,
N'aura pas tant de gloire, & tant de fermeté.

    Déja tous les Travaux qu'un grand Siege demãde,
Tout ce qu'un ſage Chef pour l'attaque commande,
Et tout ce que la Guerre a d'induſtrie , & d'art,
S'eſtoit fait remarquer & d'une & d'autre part;
Déja la Contreſcarpe avoit eſté forcée;
Et iuſques au foſſè la Victoire pouſſée,

s Ambaſ-
deurs des
inces Eſ-
angers vin-
nt trouver
Roy au
:ge de Do-

Quand on voit arriver avec de riches Trains,
Divers Ambaſſadeurs de divers Souverains,
Dont la nombreuſe ſuite & la magnificence,
Faiſoit connoiſtre aſſez qu'elle eſtoit leur puiſſance.

Mais quoy qu'ils brillent tous d'un Eclat precieux
Et que leur Equipage attire tous les yeux,
Vn ſe fait diſtinguer, & fait aſſez paraître,
Par la pompe du ſien la grandeur de ſon Maître.

onſieur le
omte de
t l'y vint
ouver pa-
llement de
part du
y de Suede
ur le ſup-
er de ren-
yer ſes
nbaſſa-
urs, pour
oüir les
nfcrences
la Paix.

Ce Seigneur envoyé de ces lointains Climas,
Que le Ciel a ſoûmis à d'eternels frimas,
Et venu des Confins du Rivage Baltique,
Auſſi brave Guerrier que ſage Politique,
Entre au Camp des François, & paroît tout ſurpris,
De voir Dole aux abois aprés Beſançon pris.
On le preſente au Roy qui revoit avec ioye,
Ce ſage Ambaſſadeur que Stokolme renvoye,
Et qui fait toûjours voir que ſes plus grands ſouhaits,
Sont de rendre à l'Europe & le Calme, & la Paix.

Grand Roy (dit cet Agent du Prince le plus brave,
Qui puiſſe ſucceder au ſang du grand Guſtave)
Parmy tant de Lauriers & de nouveaux Progrez,
Ie viens encore un coup vous parler de la Paix;
Aprés une Conqueſte & ſi promte & ſi grande,
I'oſe encor l'eſperer, & ie vous la demande;
C'eſt-là ce qui m'ameine, & ce qu'à vos genoux,
M'oblige à demander un grand Roy, comme vous.

Il n'eſt rien, dit le Roy, quelque grand qu'il puiſſe eſtre,
Que iamais ie refuſe au nom de voſtre Maiſtre,

                                        Et rien

Et rien que ie n'accorde à son Ambassadeur,
S'il se peut accorder avec que ma Grandeur.
Vous demandez la Paix, & ie ne fais la Guerre,
Qu'afin de procurer cette Paix à la Terre,
Et ie ne verray pas plûtost mes Ennemis
Se rendre à la Iustice, & se montrer soûmis,
Qu'aussi-tost ie consen de mettre bas les armes,
Et de changer en Paix le trouble & les allarmes.

   Aprés ce peu de mots, où le Roy montre assez,
Que les progrez qu'il fait sont des progrez forcez,
Tous les Ambassadeurs témoins de sa Replique,
Comme au iour solemnel d'une Feste publique,
Sont dans ses Pavillons par son ordre invitez,
Et de Mets excellens royallement traittez.
De cent bassins divers les Tables sont chargées,
Dans un ordre pompeux les choses sont rangées,
Et les riches Buffets étallent à leurs yeux,
Sur cent Bazes de prix, cent Vases precieux.

   Mais l'ordre du festin avec la politesse,
La quantité des mets, & leur delicatesse,
En appaisant leur faim, & charmant tous leurs sens,
Ne satisfaisoient pas leurs desirs plus pressants.

   Leur Esprit curieux brûloit de même envie,
Voyant un si grand Roy, d'en connoître la vie;
Et comme sa valeur & ses exploits divers,
Estoient diversement semez par l'Vnivers,
Qu'ils n'en avoient encor qu'une confuse Image,
Et cherchoient les moyens d'en sçavoir d'avantage;

                            K

En détournant les yeux fur ces riches Buffets,
Ils trouvent un remede à leurs ardens fouhaits.

    Là fe lifoient dans l'or fans l'aide des hiftoires,
Du Regne de LOUIS les premieres Victoires.

On l'y voyoit d'abord, comme un ieune Soleil,
Charmer tout l'Vnivers de fon éclat vermeil,
Et du Lyon Flamand, l'effroyable paupiere,
Ne pouvoit qu'en fuyant en fouffrir la lumiere.

    On le voyoit plus loin en fe hauffant toûjours,
Chaffer tous les broüillards qui traverfoient fon Cours,
Precipiter en bas tous ces Nuages fombres,
En percer l'épaiffeur, en diffiper les Ombres,
Forcer * l'Aigle à ceder à fon éclat puiffant,
Et faire enfin pâlir les Cornes du * Croiffant.

    Là le Tage * autrefois fi gros & fi rapide,
Sous fes brûlans rayons n'a plus qu'un fable aride:
Le Danube & le Rhin, couronnez de Rofeaux
A peine y confervoient la moitié de leurs eaux,
Et malgré leur grandeur, & leurs Grottes profondes,
On y voyoit fumer le refte de leurs Ondes.

    Au milieu d'une Nuit la Flandre y paroiffoit,
Repouffant les Rayons que cét Aftre pouffoit;
Mais ce brillant Soleil ramaffant fa lumiere,
De cette fombre Nuit perçoit l'ombre groffiere,
Verfoit un nouveau iour fur cent belles Citez,
Sur l'Efcault & la Lis répandoit fes clartez;
Et delà fur le * Doux emporté par fa Courfe,
Y feichoit en huit iours fon orgueilleufe fource.

Tel estoit le Travail des Vases precieux,
Où les Ambassadeurs avoient fixez leurs yeux,
Et d'où leur Ame enfin par la veuë attachée,
N'auroit pû se resoudre à s'en voir arrachée,
Si les rares Tapis qui servoient d'ornement,
Ne leur eussent fait naistre un autre attachement.

   Ces Tapis precieux ou par un Art suprême,
L'Artisan qui les fit se surpassa luy-même,
Estoient un long Tissu des Progrez tout nouveaux.
Dont ce valeureux Prince ennoblit ses travaux,

   Mais ce rare Chef-d'œuvre, & ces doctes Images,
N'estoient aux Estrangers qu'Enigmes, que Nuages,
Si parmy les François un Homme officieux,
N'eût pris soin d'éclairer leur Esprit, & leurs yeux,
Et n'eût en même temps sur toutes ces Merveilles,
Par un ample Recit enchanté leurs oreilles.

   Dans ce Tableau, dit-il, où rien ne s'offre aux yeux,
Que Climats submergez, que Marais spacieux,
Contēplez bien d'abord ce grand Monstre à sept Testes,
Qui porte iusqu'aux Cieux ses orgueilleuses Crestes,
Et du Gouffre profond de sept gosiers ouvers,
Vomit cent noirs poisons pour noyer l'Vnivers.

   Du fonds de son Orgueil la Holande infidelle,
Fit sortir autrefois cette Beste cruelle ;
De son Impieté cette Hydre se forma,
Son audace l'accrût, sa rage l'anima,
Et le Peuple aveuglé de ces riches Provinces,
Pour adorer ce Monstre abandonna ses Princes,

Les sept Provinces unies, comparés aux sept testes de l'Hydre.

Ses diverses impietez.

Son Heresie.

              K ij

Vomit contre le Ciel, & les armes en main,
Brava ses Souverains, & se fit Souverain.
   Mais cet Etre eternel qui commande aux Tempestes,
Qui fait gronder la foudre au dessus de nos testes,
Qui detrône a son gré les plus grands Potentats,
Et qui tient en sa main le Destin des Estats,
Voyant par la douceur que depuis tant d'années,
Rien n'avoit pû flechir ces ames obstinées,
Change cette douceur en des coups éclatans,
Et voulant se vanger de ces nouveaux Titans,
Ce Monarque absolu du Ciel & de la Terre,
Choisit pour les punir le flambeau de la Guerre,
Et fait enfin connoître au plus grand de nos Rois,
Que pour ce grand Dessein, c'est de luy qu'il fait chois.
L'invisible Courrier qui porte ce Message,
Se dérobe à nos yeux sous ce brillant Nuage,
Cache aux regards mortels son éclat sans pareil,
Et quoy qu'il face honte à celuy du Soleil,
Il s'approche du Roy sans se rendre visible,
Et parle au fond du Cœur à ce Prince invincible.
   Grand Prince, luy dit-il, que l'Univers un iour,
Reconnoîtra pour Maître en son vaste Contour,
A qui tout doit ceder sur la Terre & sur l'Onde,
Et dont le Nom deja vole par tout le Monde,
Pouras tu bien souffrir qu'un Peuple revolté,
Contre ses Souverains & contre ta bonté,
Rebelle aux Loix du Ciel, & dont l'Esprit farouche,
Luy met depuis cent ans le blaspheme à la bouche,
                             S'ose

S'oſe oppoſer encore à tes iuſtes projets,
Et tâche à te ravir iuſques à tes Sujets?
Qu'il oſe à ton pouvoir preſcrire des limites,
Toy pour qui l'Vnivers en a de trop petites?
   C'eſt trop, c'eſt trop ſouffrir pour un ſi puiſſant Roy,
Va, le Ciel y conſent, vange-le, vange-toy,
Ne retiens plus ton bras, va par Mer & par Terre,
Faire à l'Hydre du Nort, une implacable Guerre,
Va terraſſer ce Monſtre aux yeux de l'Vnivers,
Et coupe la Racine à tant de maux divers.
   Ces paroles ſans corps au fonds du Cœur portées,
Sont par le Sage Roy, ſagement meditées;
La grandeur du proiet, & ſes difficultez,
Luy font long-temps ietter les yeux de tous coſtez;
Il ſçait que le pouvoir de ces riches Provinces,
A rompu les efforts des plus valeureux Princes,
Que ſur Terre & ſur Mer, il n'a point de pareil,
Qu'il s'étend auſſi loin que le Cours du Soleil,
Et que pour ſubiuguer de ſi grands Adverſaires,
Il luy faut triompher dans les deux hemyſpheres,
Parcourir l'Vnivers de l'un à l'autre bout,
Et forcer la Victoire à le ſuivre par tout.
Mais ayant reſolu cette haute Entrepriſe,
Il n'eſt point de travail que ſon cœur ne mépriſe;
Tout luy paroît facile, & les plus grands dangers,
N'ébranlent point ſon ame, & luy ſemblent legers.
L'ardeur de ſe vanger, & l'amour de la Gloire,
L'attachent tout entier aux ſoins de la Victoire:

L.

Il pense à des Soldats, il pense à des Vaisseaux,
Son Esprit est sur Terre, il est dessus les eaux,
Il est dans l'Attirail, il est dans les Machines,
Il est dans les Assauts, il est dans les Ruines,
Il se trouve par tout, il donne ordre en tous lieux,
Tout se meut par sa main, & tout voit par ses yeux.

Voyez-vous plus avant ce Monarque invincible,
Avec un Appareil & pompeux & terrible,
Marcher à sa Conqueste avec la foudre en main,
Et couvrir de Soldas & la Meuse & le Rhein?

En vain ce Monstre affreux que ce Peuple idolatre,
Et pour qui sa fureur fait gloire de combatre,
Contre ce puissant Roy tient sept gosiers ouvers,
Et de son corps ènorme estonne l'Univers:
Il a iuré sa perte, & déja sa vaillance,
Le blesse en mème temps de quatre coups de Lance:
Cette Hydre *furieuse en fremit de courroux;*
Voyez qu'elle recule aprés ces quatre coups,
Qu'elle fait en fuyant des efforts inutiles,
Et ne peut empescher que quatre de ses Villes,
Ne tombent par respec aux pieds de leur Vainqueur,
Et n'évitent leur perte en luy donnant leur cœur.

Ces quatre Villes sont, Rimbergue, Orsoy, Vvezel, & Burich.

*Là l'*Auguste Philippe *auprés du Roy son frere,*
Fait dans tous les Combats ce qu'un Heros peut faire,
Iette de toutes parts un violent effroy,
Et s'il cede à quelqu'un, il ne cede qu'au Roy.

L'invincible Condé *ce grand foudre de Guerre,*
D'un Deluge de sang fait là rougir la Terre,

Son Nom seul fait trembler les plus fiers ennemis,
Puis qu'il va les combattre, ils sont déja soûmis ;
Rocroy, Nortlingue, & Lens ces fameuses batailles,
leur portent la terreur iusques dans les entrailles,
Et son Genereux Fils son plus fidele Apuy,
Redouble cette crainte en combattant sous luy :
Là sa ieune valeur par ce Heros conduite,
Force les plus hardis à se tourner en fuite,
Pousse les Ennemis du Corps & de la main,
Et verse à gros boüillons leur sang sur le terrain.

Là se remarque encor ce sage Capitaine,
Ce guerrier si prudent le valeureux Turenne,
Et mille autres Heros par l'aiguille tracez,
Et d'un desir de Gloire également pressez.

Mais si la docte main qui traça cette Histoire,
Eut pour premiers Objets la Vaillance & la Gloire,
Elle n'oublia pas pour montrer tout son Art,
Ce que la Pieté peut y prendre de part.

Là ce grand Cardinal, ce Prince de l'Eglise, Monsieur le Cardinal de Boüillon.
Qui suit le Camp François, comme un autre Moïse,
Et du pied des Autels levant les mains aux Cieux,
Rend d'un Peuple Apostat nos Lis Victorieux,
De cent belles Citez bannit le Culte impie,
Chasse l'Esprit d'Erreur des Temples qu'il expie,
Et remet en vigueur les honneurs immortels,
Que depuis si long-temps on voloit aux Autels.

Remarquez plus avant cette Rive profonde ; Le passage du Rhein.
C'est le Rhein, dont le nom fait tant de bruit au Mõde ;

L ij

C'est là que la Holande avec son vain orgueil,
Espere nous ouvrir un funeste Cercueil.
Voyez ce Camp nombreux posté sur son Rivage,
C'est là qu'il faut paßer , & jusqu'à ce paßage ,
Tous ces Peuples soûmis , & ces Forts emportez,
Par nos fiers Ennemis ne sont pour rien comptez.
Außi tous nos Guerriers d'une égale vîteße,
Y suivent la Valeur qui les guide , & les preße ;
Leur Martiale ardeur plus forte que les eaux,
N'attend pas le secours des Pons, & des Vaißeaux.

En vain l'Hydre du Nort avec toutes ses Testes,
Les menace déja de cent morts toutes prestes,
Et fierement campée au rivage opposé,
Vomit déja contr'eux un trépas embrasé.

Ces genereux Guerriers, ces ames intrepides,
Aux yeux du grand LOUIS fendent les flots rapides,
On les voit y sauter , & d'un commun effort ,
A travers mille morts paßer à l'autre bord.

La Terreur au deßus dans un affreux Nuage,
Avec cent Fleaux divers leur ouvre le Paßage,
Et le Dieu qui preside à ce fleuve fameux ,
Se cache avec effroy , sous ses flots écumeux.

Ceux en qui vous voyez une ardeur si guerriere,
Sont Vandôme, Grammont, Vivône, Lesdiguiere,
Coiflin, Nogent, Revel, Marsillac, & Cavois,
Et cent autres Heros connus par leurs Exploits,
Que le Docte Artisan accablé par le nombre ,
A peints en cét endroit d'une couleur plus sombre,

Mais

Mais qui ne laißent pas que d'offrir aux regars,
Le feu qu'ils firent voir en ces fameux hazars.

    La prefence du Roy redouble leur courage,
L'eau femble en écumer de colere & de rage,
Et la main de l'Ouvrier toucha fi bien ce trait,
Que l'œil doute s'il voit la chofe, où fon portrait.

    Mais parmy ces Heros qui traverfent ce fleuve,
Et donnent de leur Cœur une fi noble preuve,
Condé, le grand Condé *le bras nu, l'œil ardent,*
Prefage aux Ennemis un funefte accident ;
Et comme un fier Lyon qui voit de loin fa proye,
A travers cent perils s'ouvre une large voye,
Il paße à l'autre bord fur un bateau leger:
Anguien *fon brave fils partage le danger:*   *(larmes,*
Tout tremble à ces grands Noms fi crains dans les al-
Et l'ennemy vaincu tend les mains, rend les armes ;
La Victoire eft entiere, & nos braves Guerriers,
Auroient de peu de fang acheté leurs Lauriers,
Si le malheureux Sort du ieune Longueville,
N'eût empourpré du fien ce rivage fertile,
Et fi Mars en fureur aveuglé par fon feu,
N'eût ioint le fang de l'Oncle à celuy du Neveu:
Il eft vray que le coup, foit ou refpec, ou crainte,
Au bras du grand Condé *porte une foible atteinte,*
Et vous voyez la Parque à fon premier afpec,
Reculer de frayeur, ou gauchir de refpec ;
La balle s'aplatit, & tombe fur la place,
Il femble qu'il gemit, mais d'une autre difgrace,

                         M

Et Longueville mort luy traverse le sein,
D'un coup plus rigoureux que celuy de sa main.
　Brave & digne Heritier d'une famille éteinte,
Que ton sort est heureux, quoy que digne de plainte !
Chacun peut esperer une suite de iours,
Dont l'heureuse fortune égale le long cours :
　Mais s'immortaliser par des faits pleins de Gloire,
S'ensevelir soy-méme en sa propre Victoire,
Ce sont de la Vertu les plus nobles effets,
Et ce coup n'appartient qu'aux Heros tout parfaits :
Ton Courage emporté par son ardeur guerriere,
Commence en méme temps, & fournit sa Carriere;
Mais il remplit ta vie, & couronne en ta mort,
Malgré tes Ennemis la Gloire de ton sort.
Que si dans cét Estat où t'ont reduit les armes,
La vengeance & le sang ont encor quelques charmes,
Si l'effroy du Tombeau s'en trouve soulagé,
Tu te dois consoler, tu vas estre vangé ;
Le triomphant LOUIS à ta perte sensible,
Va redoubler l'effort de son bras invincible,
Il vole à la Vengeance, & déja sur ses pas,
Voyez couler le sang, & pleuvoir le trespas;
La profondeur du Rhin & celle de la Meuse,
Oppose en vain ses bords & sa Vague écumeuse,
Sous les Pons qu'il y iette, il les force à gemir,
Et l'Onde semble en vain s'en troubler, & fremir.
　Aprés le Rhin passé, les Ennemis en fuite,
On voit à chaque pas quelque Ville reduite :

Le fameux Fort de Skein qui soûtint autrefois,
Contre toute l'Espagne un Siege de huit mois,
Voit en moins de deux iours sa Muraille forcée,
Et perd le souvenir de sa Gloire passée.

    Arnheim pour resister n'estant pas assez fort,
Se soûmet au vainqueur, & suit la Loy du Sort :
Tout cede à son bon-heur, tout cede à son courage,
Les Citez à l'envy luy viennent rendre hommage,
Les Lis Victorieux brillent de toutes parts,
Arderuick, & Rhenen les ont sur leurs Rempars ;
Amersfort, Til, Elbourg, & cent Places plus fortes,
Pour prevenir leur perte ouvrent toutes leurs Portes ;
Sur l'Issel, & le Vâl, sur la Meuse, & le Rhein,
Tout se rend à LOUIS, ou se deffend en vain.

    Vtrech méme se rend cette Ville fameuse,
Où se iura jadis l'Vnion malheureuse,
Qui fit contre le Ciel, tant d'Attentats divers,
Et porta la Revolte aux bouts de l'Univers ;
Elle previent la foudre, & loin de se deffendre,
Fait gloire de donner l'Exemple de se rendre.

    Mais le fier Doesbourg, au lieu de l'imiter,
S'arme contre mon Prince, & tâche à l'arrester.
Zutphen, suit cét exemple, & s'ose enfin resoudre,
A soûtenir les coups que va lancer sa foudre.
Là voyez-vous tomber ? & déja sur tous deux,
Décendre avec horreur un Deluge de feux ?
Doesbourg effrayé d'une telle Tempeste,
Courbe sous le Vainqueur son orgueilleuse teste ;

Et sous des coups pareils Zutphen *épouventé,*
Tombe aux pieds de Philippe *, & met bas sa fierté.*
  Aprés ces deux Citez, dont les fortes Murailles,
Viennent de succomber sous le Dieu des batailles,
Il semble que le reste effrayé de leur sort,
Ne doive desormais tenter aucun effort.
  Nimegue *, cependant cette Ville hautaine,*
Que vous voyez pancher à sa perte certaine,
S'appreste à la deffense, & se flatte en son Cœur,
De pouvoir arrester un si puissant Vainqueur.
  Mais ce vaillant Heros *méprisant cette audace,*
Laisse à son Lieutenant reduire cette Place,
Et pour ne point troubler ses glorieux Desseins,
Luy refuse l'honneur de perir par ses mains.
  Voyez ce Conquerant armé de son Tonnerre,
Pousser ces grands Progrez, iusqu'au bout de la Terre,
Et pareil au flambeau qui luit au firmament,
Ne chercher du repos que dans le mouvement.
  Rien ne peut arrester ses rapides Conquestes,
La Victoire a pour luy des palmes toûjours prestes ;
Il passe comme un foudre, & d'un pas de Gean,
Pousse ses Ennemis iusques sous l'Ocean.
  Mais aux plus grands exploits sa Valeur disposée,
Semble se reprocher cette Conqueste aisée,
Il semble en murmurer, & se plaindre à son Cœur,
Qu'il achete trop peu le Titre de Vainqueur,
Qu'il triomphe sans peine, & que le Ciel propice,
En le favorisant luy fait une iniustice ;

Que

Que la Campagne libre, & les Chemins ouverts,
Sont pour luy des malheurs, & de fascheux Revers;
Que le bruit de son Nom à sa valeur contraire,
Avance les Progrez que son bras devroit faire;
Qu'il fait contre son gré l'office de ses mains;
Et ravale sa Gloire en hâtant ses Desseins. (Princes,
   Tout succombe, ou se rend au plus vaillant des
Il se fait en un mois Maître des trois Provinces,
Pendant qu'avec douleur l'invincible Condé,
De son bras tout guerrier voit l'effort retardé.

   Mais son illustre fils plein d'une belle audace,
D'un Pere si vaillant sçait bien remplir la Place,
Sçait bien vanger son sang en prodigant le sien, (guien.
Et ioindre un nouveau lustre au fameux Nom d'An-

   Tel autrefois Pyrrhus enflamé de Colere,
Vangea la Mort d'Achille, & le sang de son Pere,
Sacrifica Priam à son ressentiment,
Et fit de Troye entiere un affreux Monument.

   Enfin pour couronner un Chef-d'œuvre si rare,
Voyez ces vastes flots, où l'œil méme s'égare;
La Victoire & LOUIS arrivent sur leurs bords,
L'Hydre y plonge à leurs yeux les Restes de son Corps,
Et sous l'horreur des eaux se cherchant un Refuge,
Couvre ses Champs feconds d'un funeste Deluge.
Pour servir de barriere au plus grand des Heros,
Voyez-vous l'Ocean soûlever tous ses flots?
Et ne luy laisser plus pour Champ de ses Conquestes,
Que l'Empire inconstant où regnent les Tempestes?
   Ainsi ce Roy Vainqueur n'ayant plus dans ces lieux,

Les Holādois
rompent leurs
Digues, &
mettent leur
pays sous
l'eau.

N

Pour Champ de ſes Exploits que la Mer, ou les Cieux,
On le voit revenir tout rayonnant de Gloire,
Et toûjours couronné des mains de la Victoire.

Voyez combien Paris, voyez combien ſa Cour,
Fait éclatter de ioye à ſon heureux Retour.

Là ce Prince Vainqueur qui ſçait que ſa Couronne,
Dépend pour ſon Bon-heur du Ciel qui la luy donne,
Qui ſçait que le ſuccez & les proſperitez,
Dépendent moins de nous, que de ſes volontez;
N'a pas plûtoſt ſeiché les larmes de la Reyne,
Et chaſſé de ſon cœur ſa triſteſſe & ſa peine,
Qu'il vient plein d'un grand zele, & d'un pieux devoir,
Rendre graces au Ciel dont il tient ſon pouvoir.

Là l'immenſe Paris inſtruit par ſon Exemple,
Ioint ſes vœux à ſes vœux, le ſuit en foule au Temple,
Et voit avec plaiſir ce Lieu ſi reveré,
De Drapeaux Ennemis, iuſqu'aux Voûtes paré.

Là finit le Tiſſu de cette noble Hiſtoire,
Dont les Ambaſſadeurs rempliſſent leur memoire,
Et confeſſent tout haut que iamais le Soleil,
Dans leurs Climas divers ne vit rien de pareil.

Mais comme ces Seigneurs ſont d'un rare merite,
Et brûlent du Deſir d'en apprendre la ſuite,
Celuy qui prît le ſoin d'expliquer ces Tableaux,
S'engage, à leur priere, à des Recits nouveaux:
Et faiſant ſeulement une legere poſe,
Afin de digerer l'ordre qu'il ſe propoſe,
On luy donne ſilence, & dans le méme inſtant,
Il commence en ces mots le Recit qu'on attend.

CHANT III.

LA Holande obstinée en son ingratitude,
Avoit déja souffert un Châtiment bien rude,
Et le bras de LOUIS sur elle appesanty,
L'avoit mise aux abois, & détruit son party.
Quand l'Auguste Neveu du triomphant, Gustave,
Et le digne Heritier d'un Monarque si brave,
Qui regne sur le Nort, & qui tient sous ses loix,
Les Sauvages Lapons, & les fameux Suedois,
Touché de tant de maux, ému de tant de pertes,
Que l'ingrate Holande avoit déja souffertes,
Au moment que LOUIS s'appreste à l'achever,
Implore sa Clemence, & tâche à la sauver.

Ce genereux Vainqueur qui pour estre invincible,
N'a pas pour les Vaincus une ame moins sensible,
Quoy que l'ordre du Ciel, & son iuste couroux,
Semblassent luy deffendre un sentiment si doux,
Ecoute neanmoins la voix d'un si grand Prince,
Pour cette trop ingrate, & trop fiere Province;
Triomphe de luy-méme, aprés tant de beaux faits,
Et veut bien consentir à luy donner la paix.

Parmy tant de Citez en richesses fecondes,
Que le Rhin en passant arrose de ses Ondes,

N ij

La celebre Cologne *eſt celle dont le choix,*
Eut le bon-heur de plaire au plus puiſſant des Rois,
Et l'Vnivers entier avoit les yeux ſur elle,
Pour y voir decider cette grande querelle.
Mais l'infidelité qu'elle a fait éclater,
Luy fait perdre l'honneur qu'elle crût meriter,
Et luy laiſſe à iamais le déplaiſir extréme,
De voir ailleurs un bien qu'elle s'ôte elle-méme,
    Cependant la Saiſon qui r'amenne les fleurs,
R'anime pour la Guerre & les bras & les Cœurs.
L'Hydre *des* Holandois, *renaiſſant d'elle-méme,*
Brave plus que iamais l'honneur du Diadéme;
Derechef, elle occupe & la terre & les eaux,
Et couvre l'Ocean de ſes nombreux Vaiſſeaux.
Le Triomphant LOUIS, *voyant tant d'inſolence,*
Reprend la foudre en main, & court à la Vengence.
Déja mille Etendars tous parſemez de Lis,
Bordent de tous côtez, & l'Eſcaut *&* la Lis ;
Déja mille Eſcadrons, & ce Prince *à leur teſte,*
Luy font voir de plus prés la foudre toute preſte,
Et laiſſent quelque temps douter à l'Vnivers,
Où tomberont d'abord tant d'orages divers.
    On campe cependant, & le Lion Belgique,
Renfermé dans ſes Forts, craint une fin tragique;
Il ſçait la trahiſon qu'il fit à Charleroy,
Et n'y ſçauroit penſer qu'il ne tremble d'effroy:
Gand, Bruſſelles, Anvers *ſes plus puiſſantes Villes,*
Contre un ſi grand Heros, ſont de foibles Aſiles,

                                            Et

Et comme une victime aux marches de l'Autel,
Ce supepbe Animal attend le coup mortel.

Cependant deux Guerriers Etrangers d'origine,
De l'engage, d'habits, de démarche, & de Mine,
Richement équipez, & d'un long Train suivis,
Entrent au Camp François estonnez, & ravis ;
Et l'ayant contemplé dans sa vaste estenduë,
De quartier en quartier long-temps porté la veuë,
Observé nos Guerriers d'un esprit attentif,
Leur bel ordre, leur nombre, & leur courage actif ;
Et fait connoître ensuite au plus grãd des Monarques,
De leur profond respec d'indubitables marques.

Que ce Camp, ont ils dit, sous un Roy si puissant,
Seroit propre à briser les Cornes du Croissant!
Et qu'on verroit bien-tôt cette énorme puissance,
Rentrer dans le Neant dont elle a pris naissance!

C'est ce qui nous amenne aujourd'huy devant toy:
Nous avons méme Dieu, nous avons méme Loy.
Et le grand Empereur qui domine en Russie,
Et s'oppose aux Progrez des Tyrans de l'Asie,
Trop foible pour borner leur impetueux Cours,
Nous envoye en ta Cour implorer ton secours.

Méme interest que luy, méme soin, méme Gloire,
T'engage à reprimer leur derniere Victoire :
Il s'agit du Salut d'un Empire Chrestien,
Tu dois le proteger pour la gloire du tien,
Et laissant pour un temps tes heureuses Conquestes,
Sauver tous les Chrestiens de ces noires Tempestes.

O

Les Ambassa-
deurs du grãd
Duc de Mos-
covie, vinrent
trouver le
Roy en 1673
dans son Cãp
à deux lieuës
de Brusselles,
pour luy de-
mander se-
cours contre
Turs, en fa-
veur de la Po-
logne.

Le Roy dont la Sageſſe & l'Eſprit penetrant,
Par ſes vives Clartez éblöüit , & ſurprend,
L'ame de ſon Conſeil , & l'Oracle ſupréme,
Par ſon Trône moins grand qu'il ne l'eſt par luy-méme,
Répond en peu de mots au deux Ambaſſadeurs,
Et charme également & les Sens & les Cœurs.

Ie ſçais , dit ce grand Roy , par qu'elle Politique,
Et par quel intereſt vôtre Maître s'applique
A ces ſoins genereux de l'Empire Chreſtien :
Mais s'il ſçait ſon devoir , ie ſçais auſſi le mien.
Ce bras eſt toûjours preſt quand il eſt neceſſaire,
Pour ſauver nos Autels de ce grand Adverſaire,
Et n'attend pas alors qu'on me vienne avertir,
Que pour les proteger il eſt temps de partir.
Nous marchons lâchement,quand il faut qu'on nous
          prie ;
Et ie prends à témoin la Créte & la Hongrie,
Si pour les ſecourir , ie cherchay des longueurs ,
Et ſi l'on m'en pria par des Ambaſſadeurs.
Quand aux fiers Ennemis à qui ie fais la guerre,
Et qu'on me voit pourſuivre & par Mer & par
          Terre,
Ce n'eſt point un deſir d'accroître mes Eſtats,
N'y de m'aſſuiettir ces peuples trop ingrats;
De plus iuſtes deſſeins accompagnent mes armes,
Et ie ne porte ailleurs le trouble & les allarmes,
Que pour vanger ſur eux tant de Droits violez,
Tant d'Vſurpations , & tant d'Eſtats volez;

Que pour rendre aux Autels leur Encens, & leur Culte,

Que pour vanger les Rois de leur cruelle insulte,

Que pour faire rentrer ces Ingras au devoir,

Reprimer leur audace, & borner leur pouvoir.

Les deux Ambassadeurs aprés cette réponse, (nonce,

Que d'un air plus qu'humain ce grand Roy leur pro-

Voyant qu'à cette guerre il estoit engagé,

Sortent de presence, & prennent leur Congé.

Le Celeste flambeau d'où nous vient la lumiere,

Avoit déja trois fois achevé sa Carriere,

Et le Globe inégal qui preside à la Nuit,

Avoit autant de fois fait un méme Circuit,

Depuis que mon Heros aux portes de Brusselles,

Tenoit ses Habitans en des Craintes mortelles,

Et que son Camp nombreux s'augmentant tous les iours,

S'approchoit de plus prés de ses tremblantes Tours.

Celuy qui tient ces Lieux en son obeïssance,

Fremit au seul aspec d'une telle puissance;

Il craint ce qu'il merite, & dans un tel effroy,

Pour éclaircir son sort depute à ce grand Roy.

Entre tous les Seigneurs, dont sa Cour est remplie,

Et dont l'experience est la plus accomplie,

Il en sçait choisir un que déja mille fois

On a vû s'acquitter des plus nobles Emplois,

Il obeït, il part, & luy-méme avec crainte,

Voit d'un Camp si voisin la formidable Enceinte,

O ij

Ou le defir de vaincre ennemy du repos,
Au nombre des Soldats égale les Heros.

On le prefente au Roy qui lit fur fon vifage,
Le trouble & la frayeur qu'exprime ce lengage.

Grand Monarque, dit-il, vous voyez dâs mes yeux,
Vn prefage évident du trouble de ces lieux.
Quel fera noftre fort ? que devons-nous attendre ?
Avez-vous refolu de nous reduire en Cendre ?
Et ces triftes Rempars qui font fi prés de vous,
Ont ils pû meriter la foudre de vos coups ?
Guerifjez nos Efprits de cette inquietude,
S'il faut perir, le coup nous femblera moins rude,
Que l'apprehenfion de perir tous les iours,
Et le cruel fufpens où nous vivons toûjours.

C'eft la ré-
ponfe que fit
le Roy à l'En-
voyé du Cô-
te de Monte-
fey en 1673.

Que fi ce Camp nombreux fous qui tremble la Terre,
N'eft point icy, grand Roy, pour nous faire la guerre,
Vous pouvez d'un feul mot remplir tous nos fouhaits,
Et répandre en nos cœurs l'allegreffe & la paix.

Il eft vray, ie le puis, dit le Roy qui replique ;
Mais depuis quand faut-il qu'avec vous ie m'explique ?
Et qui peut m'obliger moy-méme à me trahir,
Pour vous tirer de peine, où pour vous obeïr ?

Allez, ajoûta-t'il, dites à voftre Maître,
Qu'il peut s'interroger fur ce qu'il veut connaître,
Et qu'il verra luy-méme en s'examinant bien,
S'il fe trouve en eftat de n'apprehender rien.

Aprés ce peu de mots, où ce Prince renferme,
Dequoy déconcerter la raifon la plus ferme,

Où

Où l'on voit éclater un Esprit vif & prompt,
Et la solidité d'un Iugement profond,
L'Envoyé se retire, & son ame étonnée,
Croit deja sa Patrie à perir condamnée,
Il s'apprefte au depart ; mais il est tout furpris,
Qu'il reçoit en partant un Diamant de prix,
Et que ce grand Heros n'est pas moins magnifique,
Qu'il est grand Conquerant, & sage Politique.

Cét Envoyé receut de la part du Roy un Diamãt de grande valeur comme il estoit sur le point de partir.

    Cependant le flambeau qui succede au Soleil,
Fait aux travaux du iour succeder le sommeil,
Le charme assoupiffant de sa froide lumiere,
De chaînes de pavots attache la paupiere,
Force tout à dormir, & sous ce doux effort,
La veillante Nature elle-méme s'en dort.   (bres,
    Mais le Roy dont l'Esprit luit à travers les Om-
Qui perce de la Nuit les voiles les plus fombres,
Et verfe fur fon Camp & fur toute fa Cour,
Aprés la Nuit venuë encore un nouveau iour,
Ecarte le sommeil bien loin de fon Armée
Par fon royal exemple au travail animée,
Et fur un grand Deffein qui trouble fon repos,
Affemble fon Confeil, & luy tient ce propos.
    Aprés la Trahifon que l'Efpagne m'a faite,
Vn Roy moins genereux trameroit fa deffaite,
Et quoy que l'Entreprife ait manqué fon effet,
Elle ne peut couvrir l'horreur de fon forfait :
Ie pourrois m'en vanger, & i'ay des forces preftes,
Pour adjoûter la Flandre à mes autres Conqueftes,

P

Elle en tremble de peur , & me croit déja voir,
Sur sa ruine entiere establir mon pouvoir.

   Mais un autre Entreprise où la Gloire m'entraîne,
Differe pour un temps ma vengeance & sa peine;
Et si ie dissimule , & la tiens en suspens ,
C'est pour luy mieux cacher le dessein que ie prends.

   Depuis log-teps Maßtreick cette orgueilleuse Place,
Du haut de ses Remparts nous brave & nous menace,
Tient la Meuse captive , & malgré nos efforts,
Donne à nos Ennemis l'Empire de ses bords.

   C'est-là , si l'on les croit, qu'ils seront invincibles,
Là que nous trouverons des Murs inaccessibles,
Là qu'est le Neud fatal de nos prosperitez,
Là que tous nos succez doivent estre arreßtez.

   En vain nous avons pris cent autres Places fortes,
En vain mille Chaßteaux nous ont ouvert leurs portes,
Et nous avons en vain forcé dans nos Progrez,
Leur Hydre à s'abysmer au fonds de leur Marais:
Ce n'est rien fait encor si ces fieres Murailles,
Ne tombent sous l'effort des plus rudes batailles,
Et si nous ne plantons sur ces Murs demolis,
Aux yeux de l'Univers la banniere des Lis.
Iusques-là nos travaux sont travaux inutiles,
Nos progrez incertains , nos Conqueßtes fragiles,
Et le fatal Maßtreick qui nous reste à domter,
Nous doit tout acquerir, où nous doit tout oster.

   Allons donc dés demain armez de cette Foudre,
Attaquer ses Remparts , & les reduire en poudre;

Allons ioindre leur prise à tant d'heureux Exploits,
Et malgré les Destins les ranger sous nos Loix:
Car ie ne puis penser qu'aucun de vous improuve,
Vn projet où la Gloire au plus haut point se trouve.

   Le Conseil à ces mots également surpris,
Sur divers sentimens balance ses Esprits:
Il represente au Roy qu'une telle Entreprise,
Est souvent un Ecüeil où nostre effort se brise,
Et que les Conquerans se doivent écarter,
De tout ce que leurs bras n'est pas seur de domter.
Qu'une Place a toute autre en force incomparable,
Que l'Art & la Nature ont renduë imprenable,
Que tant de bons Soldats ont iuré de garder,
Resolus de perir plûtost que de ceder,
Peut arrester long-temps le cours de ses Conquestes,
Ruiner son Armée, & coûter bien des testes.
Que Tyr retint huit mois le Vainqueur des Persans,
Que Numance aux Romains resista quatorze ans,
Et que presqu'en nos iours, & de nostre Memoire,
Mets au grand Charlequint arracha la Victoire.

   Qu'un semblable Revers frappe le souvenir,
Qu'on doit par le passé Iuger de l'Avenir,
Et que Mastreick enfin en puissance, en Courage,
Sur ces fortes Citez a beaucoup davantage.

   Connoissant toutefois que ce raisonnement,
Choquoit d'un si grand Roy le profond Iugement;
Que l'Illustre Philippe estoit d'avis contraire,
Et s'attachoit en tout à son Auguste Frere,

Tout le Conseil enfin se soûmet à la voix,
Du plus Iudicieux, & du plus grand des Rois.

L'Aube à peine parut, & l'Aurore éveillée,
Des premiers rais du iour vit la Terre émaillée,
Qu'on oüit les Clairons par de longs roulemens,
Annoncer le départ dans tous les Logemens,   (rent,
Et qu'au bruit des Clairons les Tambours répondi-
Et firent un Concert que les Echos rendirent.

Alors le Camp déloge, & mille bataillons,
Couvrent en un instant les spacieux sillons ;
Les piques, les Drapeaux, à leurs rangs, à leurs files,
Paroissent des Forests luisantes & mobiles,
Et la Cavalerie éparse aux Environs,
Brille depuis larmet iusques aux éperons :
Les yeux sont ébloüis, la Flandre est en allarmes,
De terribles éclairs s'échappent de leurs armes,
L'air s'allume à l'entour, & du haut de ses Tours,
Brusselles croit ce Iour le dernier de ses Iours.

Mais elle voit enfin cette affreuse tempeste,
S'éloigner tout à coup, tourner ailleurs la teste,
Et quoy que ses regards n'en puissent pas douter,
L'effroy qu'elle a conçû ne la sçauroit quitter.

Ainsi quand du Sommet d'une Roche escarpée,
Une Biche timide à la Meute échapée,
Voit de loin dans la plaine & les Chiens & les Cors
Porter ailleurs leur voix, & tourner leurs efforts,
Quoy que de plus en plus cette Beste craintive
Doive se r'assurer d'une frayeur si vive,

Toutefois

Toutesfois le peril qui l'a vient de troubler,
Aprés qu'il eſt paſſé la fait encor trembler.
　　Là ſix mille Chevaux détachez de l'armée,
Elevent ſous leurs pieds une épaiſſe fumée,
Occupent les devans, & font voir que la peur,
Ne peut iamais trouver de place dans leur Cœur.
Auſſi le brave * Chef qui conduit cette bande,   * C'eſtoit M.
A dans tous les perils le cœur grand, l'ame grande,   le Comte de
Et voit à ſes côtez trois * illuſtres Heros,   Lorge.
Amoureux de la Gloire, ennemis du repos,   * Meſſieurs le
Qui pour ſe ſignaller au milieu des allarmes,(charmes.   Chevalier de
Dans les plus grands travaux trouvent les plus doux   Vandôme, le
　　　　　　　　　　　　　　　　　　　　 Duc de Boüil-
　　　　　　　　　　　　　　　　　　　　 lon, & le Cô-
　　L'armée en divers Corps ſuit ce détachement,   te d'Auver-
Chacun prend de ſon Chef l'ordre & le mouvement,   gne.
Chacun garde le rang que le Roy veut qu'il prenne,
Et de ſa volonté fait ſa Loy ſouveraine.
　　Ce grand Prince eſt par tout, ſa Majeſté, ſon port,
Donne cœur au plus lâche, & l'augmente au plus fort,
Il conduit du regard, du regard il commande,
D'un ſigne de ſa main il regle chaque bande,
Et couvre de l'éclat dont luy-méme reluit,
Tout ce qui le devance, & tout ce qui le ſuit.
　　Enfin le Camp échappe à l'œil qui le regarde,
Déja méme Maëſtreick découvre l'avantgarde,
Et voit de tous côtez, par differens Partis,
Sa Liberté reſtrainte, & ſes Murs inveſtis.
A ce premier abord cette ſuperbe Place,
Par de frequens Combats témoigne ſon audace,

Q

Sans tréve & sans repos ses plus hardis Guerriers,
Disputent aux François la gloire des Lauriers,
Et tâchent à vanger par de promptes sorties,
L'affront de voir leurs Tours par nos gens investies:
Mais nos braves Heros sçavent bien repousser,
Ces assauts impreveus dont on vient les presser,
Et donnent à connoître en ces legers preludes,
Ce qu'on en doit attendre en des Combats plus rudes.
Tout le Camp cependant arrive au pied des Murs,
L'Assiegé se retire en ses Reduits obscurs;
Il voit de tous côtez ce Camp qui l'environne,
Et qui fait tout autour une immense Couronne.
La Meuse en un moment sous deux Ponts de bateaux,
Voit gemir ses deux bords, sent traverser ses eaux,
Et le Roy qui sçait bien qu'elle en est l'Importance,
Fait achever l'ouvrage aussi-tost qu'il commence,
Par ces deux Ponts dressez, tient ces rivages ioints,
Entre son Frere & luy, partage ses grands soins,
Et veut que ce grand Prince aille au delà du fleuve,
Donner de sa Conduite une éclatante preuve.
Pour ne rien oublier en un Projet si grand,
LOUIS dispose tout en sage Conquerant,
Et quoy qu'il sçache assez que c'est chose inutile,
De sommer l'Ennemy de luy rendre la Ville,
Il le fait toutefois, & ce Roy tout prudent,
Tente par un Herault la foy du Commandant.
Mais ce fier Assiegé qui sçait que cette Place,
Du plus heureux Vainqueur peut causer la disgrace,

Qui sçait que ses Remparts si forts , si bien flanquez,
Ont esté tant de fois vainement attaquez,
Pour réponse au Heraut que le Roy luy depéche.
Qui fait gloire, dit-il, de mourir sur la bréche,
Et qui veut meriter l'estime d'un grand Roy,
N'écoute rien de lâche , & d'indigne de soy.
Allez donc l'assurer que bien loin de me rendre,
I'appliqueray mes soins à me si bien deffendre,
Que s'il faut que Maëstreick tombe sous son pouvoir,
Au moins il me loüera d'avoir fait mon devoir.

Ensuite on luy fait voir ces Remparts Imprenables,
A la force de Mars ces Murs Impenetrables,
Ces fossez spacieux en abysmes coupez,
Ces affreux Ravelins en écueils escarpez,
Ces larges bastions , ces fortes demy-Lunes,
Où peuvent échoüer les plus hautes fortunes,
Et cent autres Dehors où les plus grands Guerriers,
Ont veu ternir leur Gloire, & flétrir leurs Lauriers.

Le Trompette estonné de voir tant de deffense,
Retourne dans le Camp triste & sans esperance,
Porte au Roy le refus de cet Audacieux,
Et luy fait un Recit de ce qu'ont veu ses yeux.
Mais bien loin de déplaire à ce Prince Invincible,
Son cœur à ce recit prend un plaisir sensible;
Des éclairs menaçans sortent de ses regards,
Et détournant les yeux sur ces hautains Remparts.
Voila, voila, dit-il, à toute son Armée,
Le Temple de la Gloire & de la Renommée;

Q ij

C'eſt entre ces hauts Murs qu'il nous le faut chercher,
Et c'eſt par leur Debris qu'il faut s'en approcher ;
Leur temeraire orgueil pretend nous le deffendre,
Mais allons les briſer, & les reduire en cendre ;
Laiſſons un grand Exemple aux ſiecles à venir,
Qu'on aime l'arrogance où l'on la ſçait punir,

　A ces mots ce grand Roy ſur qui tout ſe repoſe,
Pour ce Siege fameux ordonne toute choſe ;
Il donne ordre luy-méme à tous les Logemens,
Fait tirer tout autour de hauts Retranchemens,
Dreſſer en cent endroits, & ſur toutes les Routes,
D'Argille & de Gazons de puiſſantes Redoutes,
Et comme un ſage Chef qui ne veut rien riſquer,
Il ſonge à ſe couvrir avant que d'attaquer :
L'ouvrage en peu de Iours ſe commence, & s'éleve,
Le Camp ſe fortifie, & le Travail s'acheve.
Que les yeux d'un Monarque ont un rare pouvoir !
Et qu'ils ont de reſſors pour faire tout mouvoir !
Il n'eſt point de Soldat qui ne trouve des Charmes,
A ioindre aux yeux du Roy la béche avec les armes.
Il ſemble qu'à ſa voix comme à celle d'un Dieu,
La matiere obeïſſe, & ſe place en ſon lieu,
Et que ces grands Travaux, ces Maſſes élevées,
Auſſi-toſt qu'il le veut, ſe trouvent achevees.
　Déja les Aſſiegez dans un chagrin pareil,
Voyoient de leur ruine un terrible Appareil ;
Déja de tous coſtez la profonde Tranchée,
De leurs larges foſſez s'eſtoit fort approchée,

Et

Et cent Foudres déja braquez de toutes pars,
Avec un bruit horrible entamoient leurs Rempars.

Sans cesse les Mortiers de leurs gueules fumantes,
Poussoient affreusement leurs Bombes foudroyantes,
Et l'on eût dit enfin que sur ces Orgueilleux,
Le Ciel faisoit pleuvoir un Deluge de feux.

Quand le fier Commandant de cette fiere Place,
Voyant l'ardeur des siens se transformer en glace,
Pour r'animer leurs Cœurs parle d'un prompt secours,
Et d'un front assuré leur tient un tel discours.

Quel courage assez bas ? Quelle ame assez servile,
A couvert des Rempars d'une si forte Ville,
Parleroit de se rendre, & voudroit s'engager
A vivre lâchement sous un Prince étranger ?
Ce seroit faire iniure à des hommes si braves,
Et les r'avaler méme au dessous des Esclaves,
Si l'on pouvoit penser que les armes en main,
Dans un Poste imprenable ils eussent ce dessein. (basse,

Mais quand quelqu'un de vous auroit l'ame assez
Pour croire que ce Camp pût forcer cette Place,
De cette lasche erreur ne doit il pas guerir,
Quand de tous les costez on le vient secourir ?
Quand l'Aigle du Danube, & le Lion Belgique,
Liguez contre les Lis pour nostre Republique,
Viennent briser nos Fers, & delivrer ces Tours,
N'aura-t'il pas le cœur d'attendre leur secours ?

Oüy, l'on vient à nostre aide, où plûtost on y vole,
Et si quelqu'un encor doute de ma parole,
Avant la fin du Iour un Renfort que i'attends,

R

Dißipera ſa crainte, & vous rendra contens.
   Ainſi pour r'animer une ardeur amortie,
Preparons ſur le ſoir une brave ſortie,
Et trompant les François par de ſombres détours,
Facilitons l'entrée à ce premier ſecours:
Montrons à l'Ennemy qui tonne & qui foudroye,
Qu'au beſoin nous ſçavons nous ouvrir une voye,
Que pour nous ſurmonter il fait de vains apreſts,
Et qu'on ne gagne icy que de triſtes Cyprez. (dre,
   Montrons luy que nos cœurs ne craignent point ſa fou-
Que iamais à nous rendre, il ne nous peut reſoudre,
Et pour nous affermir dans un deſſein ſi beau,
Engageons-nous encor par un ſerment nouveau;
Iuſqu'au dernier ſoûpir iurons de nous deffendre,
Et puniſſons de mort ceux qui voudront ſe rendre.

Le Gouverneur oblige la Garniſon, & les Bourgeois à faire derechef ſerment de ne iamais ſe rendre.

   Par ce ferme diſcours les Peuples raffermis,
Fondant tout leur eſpoir ſur ces ſecours promis,
Font un nouveau ſerment avecque la Milice,
Veulent que tout accord ſoit digne de ſupplice,
S'aveuglent de fureur, & leur aveuglement,
Renonce à tout Traitté par ce nouveau ſerment.
   Cependant le Iour baiſſe, & chacun prend les armes,
Pour porter hors des Murs la guerre & les allarmes:
Pour donner le ſignal ce Renfort attendu,
Sur un Tertre voiſin s'eſtoit déja rendu,
Et déja pour ſortir les plus braves Cohortes,
A leur guerriere ardeur voyent ouvrir les Portes,
Par un Chemin couvert ſurprennent les François,
Et vont donner l'allarme aux plus foibles endroits.

La fortune d'abord répond à leur attente,
Leur Valeur se signale, & leur Espoir s'augmente,
Leurs bras impetueux servent bien leur Couroux,
Et plus d'un François meurt sous leurs rapides coups.
Des plus prochains Rempars mille Bouches horribles,
Avec un bruit affreux, & des flames terribles,
Portent de tous costez de foudroyans trespas,
Et couvrent le terrain d'un estonnant fracas.

Mais l'Assiegeant d'ailleurs pour vanger cette iniure,
Rend trespas pour trespas, blessure pour blessure,
Et s'entant approcher son Invincible Roy,
Prend un nouveau Courage, & ne sent plus d'effroy.

Sous les coups redoublez de sa vaillante épée,
Les plus fiers Ennemis ont la trame coupée,
Et le brave Vervic aprés cent vains efforts,
Se voit casser le bras & traverser le Corps.

LeMarquis de Vervic Neveu du Comte de Broüay eut le bras cassé, & receut un coup de Mousquet dans les reins en cette sortie.

A peine l'Assaillant sent que ce Prince avance,
Qu'il se retire en trouble, & perd son assurance,
Qu'il regagne la Ville à pas precipitez,
Et qu'il voit la Terreur voler de tous costez.

Il rentre toutefois l'ame assez satisfaite,
S'applaudit dans ses Murs d'une brave Retraitte,
Et croit estre Vainqueur quand il voit le secours,
En méme temps que luy se rendre entre ses Tours,
Les Tenebres alors envelopoient le Monde,
Et le flambeau du Iour s'estoit plongé dans l'Onde,
Tous les Corps estoient noirs, & leur obscurité,
Suspendoit la Valeur du François irrité:
Mais malgré l'épaisseur de ces noires Tenebres,

R ij

Il prepare son bras à des Explois celebres,
Il avance toûjours sa Gloire & ses Travaux,
La palme qu'il espere adoucit tous ses maux,
Et le Roy qui l'éclaire au milieu de ces ombres,
Dissipe d'un coup d'œil ses ennuis les plus sombres,
Montre aux uns sa tendresse, aux autres sa bonté,
Et fait sentir à tous sa liberalité.

Ainsi l'ame au travail sans repos attachée,
Il voit cette Nuit méme achever la Tranchée,
Et pour lors, quoy qu'à peine, on voit ce grand Heros,
Prendre aprés tant de soins un moment de repos.

Cependant tous les Chefs qui veillent sur l'armée,
D'une ame également par la Gloire animée,
Arrivent dans sa Tante, & viennent recevoir,
L'ordre qu'ils doivent suivre, & qui fait tout mouvoir.
Le Roy d'un front riant les reçoit, les caresse,
Etalle sur son front une vive allegresse,
Et voyant leur ardeur n'aspirer qu'à l'assaut :
Conservons, leur dit-il, ce beau feu pour tantost,
J'aime avoir en vos cœurs cette ardeur de Courage,
Mais prenons nostre temps, cherchons nôtre avantage,
Et qu'au premier signal qu'on donnera ce soir,
Chacun soit prest alors à faire son devoir.

Cét ordre ainsi donné la Troupe se separe,
Et pour l'Assaut prochain tout le Camp se prepare.
Déja l'Astre du iour commençoit à pancher,
Et las de son travail cherchoit à se coucher,
Quand aux braves François impatiens d'attendre,
Un signal foudroyant se fait enfin entendre,

Et

Et sept coups de Canon tirez tout à la fois,
Appellent leur Valeur à de fameux Exploits. (nieres, Cé fut le si-
gnal qu'on
    Ceux qui sont commandez rangez sous leurs ban- donna pour
insulter la
Comme autant de Lions sortis de leurs barrieres, Contrescar-
pe.
Vont à la Contrescarpe, en attaquent le front,
Et donnent un Assaut aussi rude que prompt.

    D'un bruit terrible & grand l'air mugit & resonne,
Par tout on vient aux mains, par tout la charge sonne,
On ne voit que des feux, on n'entend que des cris,
L'aureille en est frappée, & l'œil en est surpris.

    Du Rempar Ennemy cent cruelles Machines,
Vomissent à la fois cent boulles assassines;
La flame avec le fer, le fer avec le bruit,
Redoublent l'épouvente, & l'horreur de la Nuit.

    La terre en un moment sous un si rude Orage,
Est couverte de sang, & d'un fumant Carnage:
Mais malgré cét orage, & tant de sang versé,
L'intrepide Assaillant saute dans le fossé,
Gagne la Contrescarpe, & poussant sa fortune,
Avec la méme ardeur vole à la demy-Lune.

    Là plus fort que iamais recommence le choc,
L'Assiegé se rassure, & ferme comme un Roc
Repousse l'Assiegeant, contre luy s'évertuë:
On se ioint de plus prés, on se heurte, on se tuë.
Par l'exemple des Chefs les Soldats animez,
Parmy les grais, le fer, & les pots enflamez,
Grimpent sur la terrasse, en empoignent le faîte,
Repoussent l'Ennemy des mains & de la tête,
De grands ruisseaux de sang font rougir le Rempar,

Joignent la ruse au Cœur, & les forces à l'art,
A ces Geans pareils que nous depeint la fable,
Qui livrerent aux Cieux un Assaut effroyable.

Mais malgré leurs efforts vaillamment repoussez,
Ils retombent en bas sur les moins avancez,
Et semblent les punir par leur chûte mortelle,
D'estre trop tard montez où l'honneur les appelle.

A ce premier succez l'Assiegé reprend cœur,
Et se croit à son tour de l'Assiegeant Vainqueur;
De ses mains, de son Corps il heurte, il precipite,
En vain à se vanger l'Assaillant s'entrexcite;
Déja plus d'une fois du Rempar repoussé,
De la Terrasse en bas il s'est vû renversé;
Quand le brave Aubusson d'un regard qui menace,
De cent braves suivy regagne la Terrasse,
Remonte sur la bréche, & d'un puissant effort,
Reporte aux Ennemis l'épouvente & la mort.

Le vaillant Artagnan d'un luisant Cimeterre,
De carnage & de sang couvre toute la terre;
Et l'illustre Montmouth issu du sang des Rois,
Répond à la valeur des plus braves François.

O combien d'actions ! combien d'Exploits celebres,
Furent ensevelis dans l'horreur des tenebres !
Et combien de Guerriers dans cette obscurité,
Sont frustrez de l'honneur par leur bras merité !

Enfin les Ennemis quittent la demy-Lune,
Et trouvent en tous lieux une méme fortune;
L'Assaillant s'en empare, y fait un Logement,
Et se promet du reste un méme evenement.

CHANT IV.

CEpendant la Nuit tourne, & le iour qui remõte,
Porte les Assiegez a reparer leur honte.
Un Gros de Gens tout frais & beaucoup plus nom-
　breux,
A ces vagues pareil que pousse un vent fougueux,
Aux premieres Clartez qui découvrent la Terre,
Vient avecque fureur recommencer la guerre,
Vole à la demy-Lune où le François logé,
Se trouve estre à son tour d'assiegeant assiegé.

　Alors de tous costez ce nouvel Adversaire,
Par des coups redoublez, redoublant sa Colere,
Se pousse, s'encourage à monter à l'assaut,
Et toûjours repoussé toûjours remonte en haut.

　Pour le mieux engager à reprendre les armes,
Il semble que la mort ait pris de nouveaux charmes,
Et que le souvenir d'avoir esté vaincu,
Luy fasse horreur de vivre, ou d'avoir tant vescu.

　Déja dans ce Combat sa fureur indomtée,
Iusques sur le Rempar par trois fois s'est portée,
Et tout autant de fois le François tout vaillant,
En a precipité ce robuste Assaillant.
Mais toûjours plus fougueux il retourne à la bréche,
Il n'est rien de si fort qui l'arreste, ou l'empêche,

La perte qu'il reçoit ne le peut r'allentir,
Et sa rage s'augmente au lieu de s'amortir.

Telle autrefois parût de l'effroyable Anthée
L'invincible fureur, & la force indomtée
Quand pour punir ce Monstre Alcide arma ses
  mains,
Et rendit par sa mort l'asseurance aux Humains;
A peine ce Cruel avoit touché la Terre,
Qu'il revenoit soudain plus ardent à la guerre,
Et plus le fort Alcide à ses pieds l'abbattoit,
Plus ce Monstre estoit fier, & plus il resistoit.

Les François à ce choc & si prompt & si rude,
Accablez par le nombre & par leur assitude,
Font un vivant Rempar qu'on a peine à forcer;
Mais leur fer emoussé brise au lieu de percer.
Ils sentent desormais leurs forces épuisées,
En mille & mille lieux leurs armes sont brisées,
Ils sont las & recrus après tant de Combats,
Et sans manquer de Cœur chacun manque de bras.

Enfin la multitude entraine la fortune,
Et l'Ennemy Vainqueur rentre à la demy-Lune,
Le François pour un temps cede à son mauvais sort,
Se retire sans trouble après ce long effort,
Combat encor des yeux au deffaut de ses armes,
Et fait craindre aux Vainqueurs de nouvelles allar-
  mes.

C'est ainsi qu'un Lion fuit devant le Chasseur,
Des épieux qu'on luy tend méprisant l'épaisseur;

  Ce

Ce superbe Animal de temps en temps s'arreste,
Et tout autant de fois qu'il retourne la teste,
Celuy qui le poursuit tremblotant & craintif,
De poursuivant qu'il est se change en fugitif.

    Le grand Roy cependant apprend cette nouvelle,
Et vole en diligence où le danger l'appelle;
Sa veuë est un reproche à tous les gens de cœur,
Qui voyent l'Ennemy de ce Poste Vainqueur,
Et chacun en secret luy croit entendre dire:

    Est-ce ainsi qu'à la Gloire un grand courage aspire?
Et quand de tous costez elle vient vous chercher,
Fuyez-vous devant elle au lieu d'en approcher?
De ces Desesperez sans ordre & sans conduite,
L'assaut tumultueux cause-t'il vostre fuite?
Et ne redoutez-vous ces foibles Insensez,
Que quand pour mieux perir ils se font ramassez?

    Allez, allez laver cette honteuse tache,
Et sur tout à mes yeux ne faites rien de lâche,
Ils verront de quel air vous sçaurez reparer,
Cét affront que le iour a honte d'éclairer.

    A ce discours tacite, à ce muet reproche,
Plus viste que le dard que la Parthe décoche,
De honte & de dépit les François r'animez,
Et pareils aux Lions de Colere enflamez,
Retournent à l'Assaut, regagnent la Terrace,
Et forcent l'Ennemy de leur ceder la place.

    Il ne peut soûtenir la presence d'un Roy,
Dont le moindre regard le fait trembler d'effroy,

T

Et voyant que ses yeux font plus que cent Machines,
Il fuit tout en desordre à travers les ruines :
Mais il ne fuit qu'apres beaucoup de sang versé,
Qu'aprés que le succez est long-temps balancé,
Et qu'aprés que la Parque au gré de sa furie,
A couvert tous ces lieux d'une horrible Turie.

    C'est en ce lieu fatal qu'à la teste de tous,
Le vaillant Artagnan expire sous ses coups,
Et qu'on voit avec luy les braves Mousquetaires,
Faire un carnage affreux de ces fiers Adversaires.

    En ce fameux Assaut a Boissiran, Polastron,
Montassel, Boisdavid, Castelnaut, Villeron,
Crequy, Godrin, e de Poix, Potmartin, f Otonville,
S. g Germain, h Pommereil, i Chassagne, l Fodeville,
m Maupertuis, n la Hauguette, & cent autres Guer-
    riers,
Pour répandre leur sang paroissent les premiers.
    Mais leur nombre trop grand, & l'éclat de leur
    Gloire,
Intimident ma plume, & lassent ma Memoire,
Et ie n'ose exprimer en mes timides Vers,
Tant de braves Heros, & tant de Noms divers ;
LOUIS qui les a veus par une noble Envie,
Prodiguer pour sa gloire & leur sang & leur vie,
Sçait leur nombre & leur rang, & le siecle à venir,
Gardera de leurs Noms l'eternel souvenir.
    Les Ennemis chassez de cette demy-Lune,
Où l'on vit si long-temps balancer la Fortune,

a Les 4. pre-
miers sont
Capitaines au
Regiment du
Roy.
b Capitaine
au Regiment
de Bretagne.
c Aide de
Camp.
d Capitaine
au Regiment
du Roy.
e Capitaines
au Regiment
Dauphin.
f Lieutenant
des Suisses de
Monsieur.
g Capitaine
du Regiment
Dauphin.
h Capitaine
au Regiment
des Gardes
Françoises.
i Gapitaine
au Regiment
de Bretagne.
l Lieutenant
au Regiment
du Roy.
m Enseigne
des Mousque-
taires.
n Cornette
des Mousque-
taires.

Ne perdent pas l'espoir, malgré ces grands efforts,
D'avoir plus de succez dans leurs autres Dehors.
 Cent Fourneaux preparez sous ces fermes Ouvrages,
Reueillent leur orgueil, r'animent leurs courages :
Ils croyent déja voir tous nos gens enterrez,
Sous ces fumans Tombeaux qui leur sont preparez,
Et pleins de cét Espoir leur orgueilleuse audace,
Provoque le Vainqueur, & haste leur disgrace.
 Entre tous les Dehors qui restoient à forcer,
Et iusqu'où l'Assiegé s'estoit vû repousser,
S'offroit un Bastion qui sembloit invincible,
Que la Nature & l'Art rendoient inaccessible,
Contreminé par tout, tout herissé de dards,
De Canons foudroyans bordé de toutes parts,
Sur qui le fier Maëstreick fondoit son Esperance,
Et prenoit sur sa force une entiere assurance,
Terrible par dehors, horrible par dedans,
Et qui cache en son sein mille trespas grondans.
 Mais ces mortels dangers, ces terribles obstacles,
Provoquët les Vainqueurs à de plus grands Miracles,
R'animent leur valeur à des Combats nouveaux,
Et les font aspirer à de plus grands travaux,
 LOVIS qui voit leur Cœur par leur impatience,
Modere ce transport, ménage leur vaillance,
Et promet cependant à ces braves Guerriers,
Vne nouvelle gloire, & de nouveaux Lauriers.
 La Nymphe de la Nuit ayant repris ses voiles,
Et semé ses habits de brillantes Etoilles,

T ij

On donne le signal que l'on avoit promis,
Et chacun va livrer l'Assaut aux Ennemis.

On voit en même temps une Vague enflamée,
Sortir parmy les flots d'une épaisse fumée,
Et pousser iusqu'au Ciel un debris spacieux
De terre, de gasons, de rochers, & de pieux.

Ce fourneau avoit esté preparé à la pointe d'un Redan du milieu de la Cõtrescarpe de l'Ouvrage à Corne pour éventer les fourneaux des Ennemis, & ouvrir les Palissades.

Ce surprenant fracas, cette vaste ruine,
Estoit le prompt effet d'une secrette Mine,
Preparée en ce lieu pour ouvrir aux François,
Un Chemin glorieux à ces nouveaux Exploits.

Ainsi les Assaillans s'estant fait ce passage,
Vont d'un cours intrepide attaquer cét Ouvrage,
Courent de tous costez à ce terrible Fort,
Pour y chercher la Gloire au mépris de la mort.

C'est-là que la Valeur trouve une ample Matiere,
Pour éprouver sa force, & pour paraître entiere;
Là que les Assaillis, & que les Assaillans,
Font tout ce que la fable a dit des plus vaillans;
Là que Bellone & Mars ioignent à l'industrie,
Toute leur violence, & toute leur furie;
Et que les Ennemis deployans tous leurs bras,
Ne donnent point de coup qui ne porte un trespas.

D'abord on fait voler de ce Poste indomptable,
De cent bouches de fer un Orage effroyable;
On mêle à cét effort les Bombes, les Fourneaux,
De bitume & de poix on répand des Tonneaux,
On ioint à ces horreurs l'horreur des Canonnades,
Et le mortel éclat des frequentes Grenades.

A

A travers cet Orage , & parmy tant de morts,
L'intrepide Affaillant redouble fes efforts ;
Comme un foudre éclatant qui tombe de la Nuë,
Il fond fur les premiers , les renverfe , les tuë,
Paffe , & s'ouvre toûjours parmy tant d'Ennemis,
Le chemin glorieux que fon cœur s'eft promis.
Il écarte , il terraffe , il écrafe , il renverfe,
Il foudroye , il fracaffe , il rompt , il brife , il perce,
Il fignale à l'envy fon genereux couroux,
Provoque le trépas en le donnant à tous,
Et malgré la fureur que l'Ennemy deploye,
Au Rampar attaqué s'ouvre une large voye.

    Mais qui peut refifter à l'ardeur des François,
Animez comme ils font par le plus grand des Rois?
En vain les Affiegez par l'effort de leurs armes,
Tâchent à repouffer ces fanglantes allarmes,
Les braves Affiegeans laffent tous leurs efforts,
Et couvrent le Terrain de carnage & de morts.

    Fourilles à la Droite , & Delorge à la gauche,
Pareils au trait de feu que l'Orage decoche,
De cent Braves fuivis intrepides comme eux,
A travers mille traits , à travers mille feux,
Montent de toutes parts à l'affreufe Terrace,
Et laiffent fur leurs pas une fanglante trace.

    La Victoire pourtant fe fait long-temps chercher,
Elle branle, & ne fçait de quel cofté pancher ;
Elle vole , & revole , & le Nocturne Ombrage,
L'empefche de iuger, lequel a l'avantage.

V

Le François indigné de la voir balancer,
Avec plus de couroux commence à la presser
Et du feu qu'en ses yeux allume la vengeance,
L'éclaire, & luy fait voir qu'en vain elle balance.

Alors elle se rend, & ne balance plus,
Et l'Ennemy honteux desesperé, confus,
Voyant de toutes parts son attente détruite,
N'attend plus de salut que d'une prompte fuite,
Medite sa Retraitte, & dans le méme instant,
Donne de son depart un signal éclatant,
Et fait sauter en l'air pendant cette Retraitte,

Les Assiegez firent sauter en se retirant quatre fourneaux ou tonnes foudroyantes qui firent un tres grand effet.

Quatre horribles fourneaux pour vanger sa deffaite.

On voit de tous costez un horrible fracas,
Une confusion de testes & de bras.
Les uns en cent morceaux sautent iusques aux Nuës,
Et retombent brisés en parcelles menuës :
Les autres au contraire estonnez & surpris,
Se trouvent abysmez sous un vaste debris ;
Et d'autres partageant l'une & l'autre disgrace,
Esteignent par leur mort la plus ardente audace.

Tel paroist aux regards ce feu prodigieux,
Que le brûlant Veluve envoye iusqu'aux Cieux ;
Et telles sont encor ces ardentes Ravines,
Dont il couvre par fois les Campagnes voisines.

Mais ces affreux perils, & ces fumans trépas,
Aux Cœurs de nos Heros sont de nouveaux appas,
Et loin de retarder leur effort & leur gloire,
C'est un attrait nouveau qui haste leur Victoire.

Que ne puis-je trouver d'affez vives Couleurs,
Pour peindre dignement tant d'illuftres Vainqueurs!
  On verroit éclater fur cette noble Scene,
Les braves Chevaliers de Vandome, *&* Lorraine;
On y verroit briller d'un luftre fans égal,
Et l'illuftre Boüillon, *& le fameux* Montal,
Le brave Rochefort, Aubuffon *l'intrepide,*
Le belliqueux Erlach, Thermes *de gloire avide,*
Rochechoüar, Vaubrun, Hautefeüille, Marfan,
Et mille autres Heros iffus de Noble fang,
Et dont le grand Courage, & les Exploits celebres,
De cette fombre Nuit ont percé les tenebres,
Et perceront encor dans les fiecles futurs,
De l'eternel Oubly les nuages obfcurs.
  Aprés ce grand Affaut, & cet affreux Carnage,
Qui donne aux Affaillans un entier avantage,
Jufqu'au fonds de fes Murs l'Ennemy repouffé,
Et de tous les coftez également preffé,
Voyant que c'eft en vain qu'il tàche à fe deffendre,
Condamne fon audace, & parle de fe rendre;
Le ferment qu'il a fait ne le peut retenir,
C'eft inutilement qu'on l'en fait fouvenir,
Les horreurs du trépas peuvent plus fur fon ame,
Que les noms odieux de parjure & d'infame,
Et le rapide effort de l'Affaillant Vainqueur,
Fait ceder les fermens aux Affauts de la peur.
  En vain pour r'affurer cette tremblante Ville,
On tàche à l'endormir d'un efpoir inutile;

En vain on se tourmente à luy persuader,
Que le secours promis ne sçauroit plus tarder,
Et que quand aux François tout deviendroit possible,
Maſtreick en cet eſtat eſt encor invincible.
De ces Progrez si prompts le Bourgeois interdit,
Préte bien peu l'aureille à tout ce qu'on luy dit;
Et quoy qu'il voye aſſez qu'il peut tenir encore,
La crainte toutefois Nuit & Iour le devore.

S'il penſe sommeiller, il s'éveille en surſaut,
Croit la Ville emportée en un cruel Aſſaut,
Et s'imagine voir une funeſte Image,
De tout ce que produit l'inſolence & la rage.

S'il veille, mille Objets redoublent son effroy, (Roy,
Il voit un Camp Vainqueur conduit par un grand
Maître de ſes Dehors, toûjours infatigable,
Pour qui tout eſt facile, & rien n'eſt imprenable.

Il voit ce Conquerant comme un ieune Lion,
Toûjours dans les travaux, toûjours dans l'Action,
Luy-méme Nuit & iour par le vent & la pluye,
Eſſuyer tous les maux que le Soldat eſſuye,
Et souvent tout couvert de sueur & de ſang,
Pour animer les ſiens voler de rang en rang,
Et parmy les Combats, la flame, & la fumée,
Se donner pour exemple à toute son Armée.

Ainſi quoy qu'on luy diſe, il taſche d'oublier,
Ce serment solemnel dont on le veut lier,
Et malgré le ſcrupule où ce ſerment le iette,
Il cherche à prevenir son entiere deffaite.

Cependant.

Cependant les Vainqueurs pourſuivent leurs progrés,
Travaillent Nuit & Iour à de nouveaux aprſtes,
Et déja le Mineur au pied de la Muraille,
Pour la faire ſauter inceſſamment travaille;
Lors que les Aſſiegez, deſarmez, & ſoûmis
Voyant qu'aucun Eſpoir ne leur eſt plus permis,
Sortent de leurs Rempars dans un triſte équipage,
Tombent aux pieds du Roy, luy rendent leur hommage,
Et viennent luy ſoûmettre en domptant leur fierté,
L'orgueil de leur courage, & de leur liberté.

Ce glorieux Heros dont la haute puiſſance,
Pouvoit d'un dur refus punir leur reſiſtance,
Ecoute neanmoins ces Orgueilleux ſoûmis,
Et ne ſe ſouvient plus qu'ils furent ennemis;
Il leur donne la Paix, leur accorde ſa grace,
Impoſe un joug leger à cette fiere Place,
Ne luy fait point ſentir ſon bras Victorieux,
Et veut que ſa bonté ſe ſignale en ces lieux.
Maſtreick aux Aſſiegeans ouvrent toutes ſes Portes,
Le Chef des Ennemis en tire ſes Cohortes,
Et bien qu'il ſe preſente aux yeux de ſon Vainqueur,
Il porte ſur ſon front la fierté de ſon cœur,
Et tout vaincu qu'il eſt ſa Gloire eſt ſans ſeconde,
D'avoir pû reſiſter au plus grand Roy du monde.

Ce Recit finiſſoit, quand un terrible bruit,
A travers la fumée, & la flame qui luit,
A travers le Debris des Bombes, des Grenades,
Et l'horrible fracas de mille Canonnades,

X

Vient troubler tout à coup cét Entretien charmant,
Et mettre en tous les Cœurs le méme eftonnement.
Le Roy s'en deffend feul, & la gloire des armes,
L'appelle au méme inftant à ces vives allarmes.

Arrivé fur le Champ, il voit Mars en fureur,
N'expofer à fes yeux que Carnage, & qu'horreur;
L'orgueilleux Affiegé forty de fes Murailles,
Couvroit les Environs de mille funerailles,
Tentoit la Contrefcarpe, effayoit d'y rentrer,
Et pas un deformais n'ofoit plus s'y montrer.

Cruffol, Genlis, Nogent, Rochefort, & du Lude,
Soûtenoient la fureur d'une attaque fi rude;
Et déja par deux fois dans fes armes frappé
On avoit vû Cruffol * à la mort échappé:
Parmy les traits mortels d'une telle tempefte,
Du Lude * n'avoit pû fe garantir la tefte;
Nogent *d'un coup de pierre avoit efté bleßé,*
Laüiomont ** d'une balle avoit efté percé;*
Et cent autres Guerriers pouffez de méme envie,
En deffendant ce Pofte avoient perdu la vie.

Mais fi toft que LOUIS parût à leurs regards,
On vit les Ennemis regagner leurs Rempars,
Quitter la Contrefcarpe, & frappés d'épouvente,
Retourner dans leurs Murs fruftrez de leur attente,
Et n'ofant foûtenir fa prefence & fes yeux,
Laiffer de toutes parts LOUIS Victorieux.

C'eft ainfi qu'autrefois du haut de la Tranchee,
Voyant des Grecs vaincus la Campagne ionchée,

Le redoutable Achille effraya les Troyens,
Et de son seul regard sauva ses Citoyens.

C'est ainsi que Pallas en secoüant l'Egide,
Faisoit trembler d'effroy le cœur le moins timide,
Parmy les Bataillons répandoit la terreur,
Et glaçoit les Esprits d'épouvente & d'horreur.

Un Combat si sanglant ou malgré leur Conduite,
Les Ennemis vaincus s'estoient tournez en fuite,
Pouvoit deconcerter le Chef le plus prudent ;
Et depeur de tomber dans un pire accident,
Le faire enfin resoudre à quelque accord honneste,
Pour ne pas perdre tout , n'y hazarder sa teste.

Mais celuy qui commande en ces superbes Murs,
Et qui ne s'émeut point des Revers les plus durs,
Qui veut vaincre ou mourir, & qui ne peut compren-
 dre,
Comme un homme de Cœur peut vivre , & se peut
 rendre,
Pousse les Citoyens, excite les Soldats,
A de nouveaux efforts , & de nouveaux Combats.

Il voit sans s'estonner cent Machines nouvelles,
Qui menacent ses Tours, & qui Tonnent contr'elles ;
Il voit de tous costez le Mineur s'attacher,
De plus prez en plus prez l'Assiegeant s'approcher,
Et cependant son cœur toûjours opiniâtre,
Iusqu'au dernier soûpir se resoud à Combatre,
Veut mourir sur la bresche, & tient son sort heureux,
D'avoir à soûtenir un Roy si valeureux.

Il repare ses Murs, releve ses ruines,
Détruit nos Logemens, fait éventer nos Mines,
Et malgré la Valeur de tous nos Combattans,
Il recule sa perte, & sçait gagner du temps.

Le Demon d'autrepart resorty de son Gouffre,
Où le Crime gemit, où l'iniustice souffre,
Voyant avec douleur Besançon emporté,
Dole aux derniers abois, & toute la Comté;
Consulte sa vengeance, & ioint à sa malice,
Tout ce qu'il eut iamais de rage & d'artifice.
Quoy? ie verray dit-il, LOUIS Victorieux,
Malgré tous mes efforts triompher à mes yeux,
Reduire en moins d'un mois des Provinces entieres,
Et sans cesse son bras reculer ses Frontieres?
Quoy malgré le pouvoir de tant de Potentats,
Dont i'ay ioint l'interest, & ligué les Estats,
Il me faudra ceder, & toute leur puissance,
Ne pourra resister aux armes de la France?
Ha! cherchons des moyens & plus seurs, & plus courts.

Esprits de Trahison venez à mon secours,
Sortez des Antres noirs où regnent les furies,
Et venez mettre au iour toutes vos perfidies:
Ie connois des Climats où nous reüßirons,
Vous n'avez qu'à me suivre, & nous triompherons.

Il s'envole à ces mots vers les Monts Pyrenées,
Où malgré la longueur d'un grand nombre d'années,
Il se souvient encor qu'un Perfide autrefois,
Fit une trahison si funeste aux François.

Le

Le nom de Roncevaux diffamé dans l'histoire,
Est encore auiourd'huy tres-cher à sa Memoire,
Et ce perfide Esprit s'ose encore flater,
Que quelque Ganelon s'y viendra presenter :
Il rode en tous ces lieux , il va de place en place,
Anime l'Espagnol d'une nouvelle audace,
L'assure du succez s'il ose s'avancer,
Et l'instruit pleinement des moyens de passer.
Ensuite il va chercher la flotte de Holande,
Aborde en son vaisseau celuy qui la commande,
Luy donne avis de tout , & l'assure à l'instant,
Que s'il veut se hâter la Victoire l'attend.
La flotte a cét avis consulte les Etoilles,
Menage tous les vens qui font enfler ses toiles,
Navige Nuit & Iour & rasant tous nos bords,
Leur montre sa puissance , & menace nos ports.

    Mais l'Empire d'Æole , & celuy de Neptune,
Respectent en tout temps L O U I S & sa fortune,
Sur la Terre & sur l'Eau son bon-heur est pareil,
Et L O U I S en tous lieux est semblable au Soleil.

    Le François cependant animé par la Gloire,
Et plein d'un ferme espoir d'obtenir la Victoire,
Méprisant les dangers , & bravant le trépas,
Qu'en pareille entreprise on trouve à chaque pas,
A travers les Canons, les Bombes , les Grenades,
Les Gouldrons enflamez, les pots , les Mousquetades,
Par une perilleuse , & brillante action,
Pousse les Ennemis iusqu'à leur Bastion,

                              Y

Y Plante le Mineur, le soûtient, & l'appuye,
Et remplit de frayeur l'Adverſaire qui plie.
D'Vxelles, d'Aubuſſon, Marſan, & Villeroy,
Ont la plus grande part à cét illuſtre employ,
Et l'Ennemy vaincu malgré ſes Contremines,
Au lieu d'un Baſtion n'a plus que des ruines,
Se voit chaſſé bien loin de ſes retranchemens,
Y voit par nos François dreſſer des Logemens,
Et malgré ſon courage, & ſon vain ſtratageme,

Dom Carlos d'Eſt, Marquis de Borgo Mainero eſtoit Gouverneur de Dole.

Il ſe trouve reduit en un peril extréme.
Dom Carlos obſtiné contre tant de revers,
Se croit encor trop fort contre tout l'Vnivers;
Quoy qu'on luy puiſſe dire, il n'y veut point entendre,
N'y parler de traitter, n'y penſer à ſe rendre:
Son Courage eſt plus grand que n'eſt tout ſon Malheur,
D'Artifices nouveaux il ſoûtient ſa Valeur,
Et pour mieux découvrir en cette conjoncture,
L'eſtat de ſes Dehors, & qu'elle eſt leur poſture,
Voyant bien deformais que pas un de ſes Gens,

Cette Machine eſtoit faite comme elle eſt icy décrite.

N'oſoit plus ſe montrer aux yeux des Aſſiegeans,
Fait faire une Machine en forme d'une Biere,
La couvre tout autour d'une forte matiere,
Y fait mettre un des ſiens, & par un nouvel Art,
Deſcendant cette biere au plus bas du Rempar,
Malgré les Aſſiegeans qui la voyent paraître,
Il luy fait obſerver tout ce qu'il veut connaître;
Et l'ayant obſervé d'un regard curieux,
La Machine remonte, & diſparoît aux yeux.

Mais le funeste aspec de sa triste figure,
Est pour les Assiegez, d'un malheureux Augure,
Et l'on les voit bien-tost aprés cette action,
Sortir avec frayeur de tout leur Bastion.

La honte toutefois d'une telle retraitte,
Leur fait reprendre cœur, & braver leur deffaitte,
S'obstiner de nouveau dans les autres Dehors,
Et porter leur courage à d'extrémes efforts.

Mais la fortune enfin malgré leur entreprise,
Avance chaque iour le moment de leur prise,
Et nostre grand Heros maître de leur Destin,
En veut donner la Gloire à son jeune Dauphin.

Ce jeune & noble Prince où l'on voit avant l'âge,
Des Vertus de son Pere une éclatante Image, (riers,
Vient au Camp prendre part à ses Travaux Guer-
Et couronner son front de verdoyans Lauriers.

Monseigneur le Dauphin vient au Câp, & à son arrivée la Ville demande à Capituler.

L'Assiegé bien surpris qu'en un sort si contraire,
Il ait à soûtenir & le Fils & le Pere,
Desespere de tout, & leve vers les Cieux
Pour implorer leur aide & les mains & les yeux;
Il s'estonne de voir en un âge si tendre,
Ce jeune Prince aller sur les pas d'Alexandre,
Et ne sçauroit penser sans un extréme effroy,
Qu'il a pour Conducteur & son pere & son Roy.

Il voit qu'il faut perir, où qu'il faut se soûmettre,
C'est en vain que l'honneur repugne à luy permettre,
Les femmes sur les Murs par leurs tristes Clameurs,
Implorent la Clemence & la foy des Vainqueurs.

Staremberg *vient au Cap pour demander leur grace*,

Le Roy la luy promet en luy rendant la Place,

Et ces Cœurs obstinez s'estant enfin soûmis,

Il les traitte en Sujets plûtost qu'en Ennemis.

La Garnison en sort, *le François s'en empare*,

En faveur de nos Lis le Destin se declare,

Le Citoyen ravy passe sous d'autres Loix,

Quitte un Ioug estranger, & *redevient François.*

Dole *donne l'exemple à toute la Province*,

Salins *ouvre ses Murs*, & *reconnoît mon Prince;*

Et ce qui reste enfin de Forts & *de Chasteaux*,

Quoy qu'assis sur des Rocs, & *sur d'affreux Coteaux*,

Se soûmettent ensuite au Ioug d'un nouveau Maître,

Et de force, *ou degré le viennent reconnaître.*

Mais comme d'autres soins le r'appellent ailleurs,

Ayant rangé ces lieux sous des Destins meilleurs,

Il remet la Province à la Garde fidelle,

Du genereux Duras *dont il connoît le zele*,

Pendant que la Victoire attachée à ses pas,

Entraîne ce grand Prince à de nouveaux Combats.

Colonel d'un Regiment Allemand.

FIN.

N. COVRTIN P. H.

Permis d'imprimer. Fait ce dix-septiéme Iuillet 1674.
DE LA REYNIE.

www.ingramcontent.com/pod-product-compliance
Lightning Source LLC
Chambersburg PA
CBHW060439260626
47161CB00005B/1994